RASSEMBLEZ-VOUS, DISCIPLES D'AVAN !!

QUEST 3 Personnages

GOMÉ

C'EST UN GOLDEN METAL SLIME, UNE CRÉATURE RARE ET LÉGENDAIRE.

BRASS

LE DERNIER SAGE INCUBE DE L'ÎLE DERMLINE. C'EST LUI QUI A ÉLEVÉ DAÏ.

HADLAR

ROI DU MAL, IL SEMAIT LA SOUFFRANCE DANS LE MONDE. IL REVIENT APRÈS 15 ANS D'AB-SENCE.

AVAN

PRÉCEPTEUR QUI FORME LES HÉROS, IL SOUMET DAÏ À UN ENTRAÎNEMENT SÉVÈRE.

POP

DISCIPLE D'AVAN. ÇA FAIT UN AN QU'IL SUIT UN ENTRAÎNEMENT DE MAGIE, MAIS SES PROGRÈS NE SONT PAS FLAGRANTS. SA SPÉCIALITÉ : MÉRAZOMA.

DAÏ

LE PROTAGONISTE DE CETTE HISTOIRE, DERNIER DISCIPLE D'AVAN. IL RÊVE DE DEVENIR HÉROS, MAIS IL N'EST PAS DOUÉ POUR LA MAGIE. SA PUISSANCE SE DÉCUPLE QUAND L'EMBLÈME DU DRAGON APPARAÎT SUR SON FRONT.

Résumé de l'histoire

Il y a très longtemps...

Un guerrier de la justice, un “héros”, se dressa contre le Roi du Mal qui martyrisait la population. Au prix d'un combat à mort, il réussit à le vaincre. Les monstres, qui étaient sous l'emprise du Roi du Mal, perdirent ainsi leur côté maléfique, et partirent vivre en paix sur Dermline, une petite île des mers du Sud...
Daï est le seul humain de Dermline. Il s'est échoué sur l'île quand il était bébé, suite au naufrage d'un navire.
Rêvant de devenir un héros, il reçoit un entraînement spécial de la part d'Avan, celui qui avait autrefois vaincu le Roi du Mal. Mais Hadlar, revenu à la vie, arrive sur l'île. S'ensuit un combat acharné, au cours duquel Avan perd la vie. Pour respecter la dernière volonté de leur maître, Daï et Pop partent en voyage pour éliminer l'armée du Mal. Très vite, ils se trouvent confronté à Crocodine, l'un des chefs de l'armée !

DRAGON

MAAM

UNE JEUNE FILLE QUI HABITE AU VILLAGE DE NAIL. ELLE POSSÈDE UN PISTOLET DÉVASTATEUR.

ZABOÉRA

ÉVÊQUE DES SORCIERS. IL EST À LA TÊTE DE LA LÉGION DES SORCIERS.

CROCODINE

LÉGAT DE LA LÉGION DES CARNASSIERS. IL EST SURNOMMÉ “ROI DES CARNASSIERS”.

DRAGON QUEST

- LA QUÊTE DE DAÏ -

3

RASSEMBLEZ-VOUS, DISCIPLES D'AVAN !!

SOMMAIRE

RASSEMBLEZ-VOUS, DISCIPLES D'AVAN !!	7
LE MIRACULEUX PISTOLET MAGIQUE	28
AVAN, NOTRE MAÎTRE	46
TROIS FONT DE LA COMPAGNIE !!	65
MENACE SUR ROMOS	87
LA MARCHE DES CARNASSIERS !!	107
LE POINT FAIBLE DE DAÏ ?!	127
L'IGNOBLE ÉVÊQUE DES SORCIERS !	149
UNE BRIBE DE COURAGE !	165

- LA QUÊTE DE DAÏ -

EN GARDE !!
ARCANE À L'ÉPÉE DE L'ÉCOLE AVAN !!
DAÏCHI ZAN !!!
HOR !!
MM !!

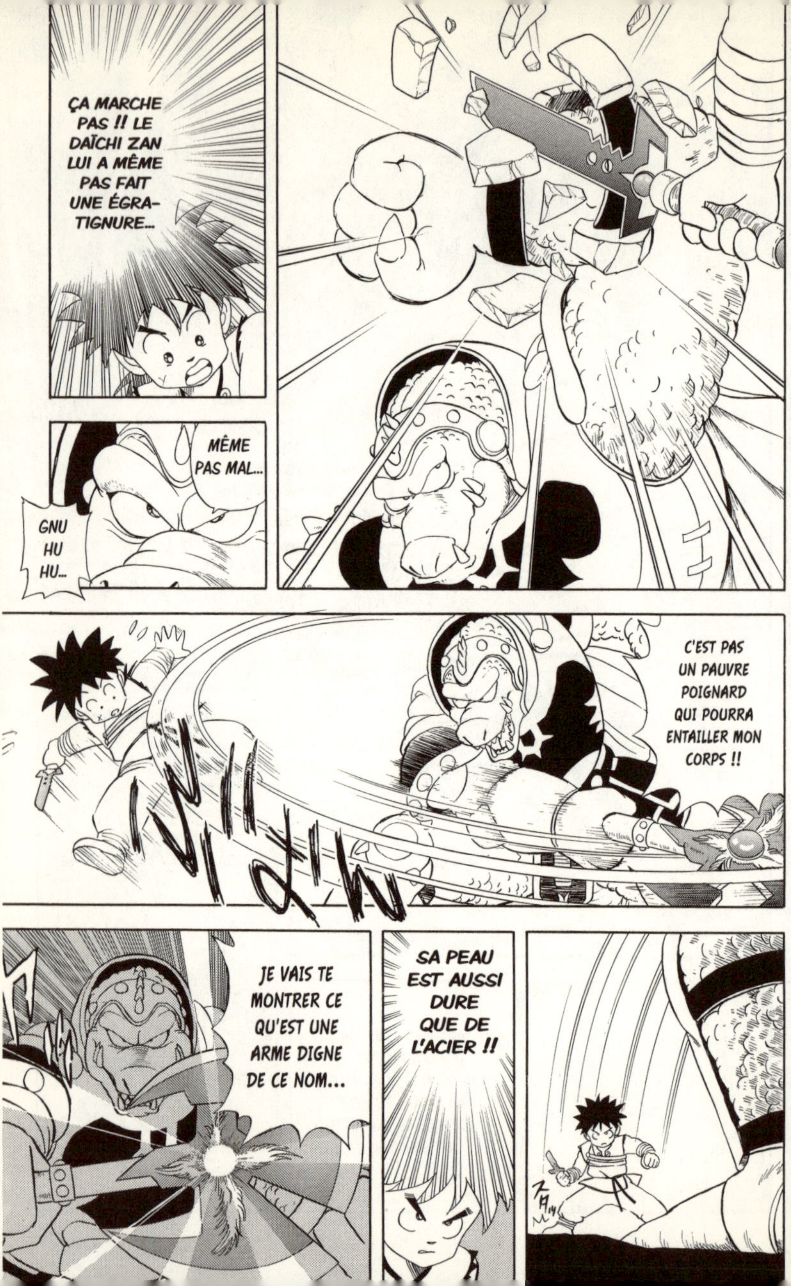
ÇA MARCHE PAS !! LE DAÏCHI ZAN LUI A MÊME PAS FAIT UNE ÉGRATIGNURE...
MÊME PAS MAL...
GNU HU HU...
C'EST PAS UN PAUVRE POIGNARD QUI POURRA ENTAILLER MON CORPS !!
JE VAIS TE MONTRER CE QU'EST UNE ARME DIGNE DE CE NOM...
SA PEAU EST AUSSI DURE QUE DE L'ACIER !!

MAIS C'EST UN BAGI... UN SORT DE VIDE ?!
WA HA HA ! C'EST ÇA. JE PRATIQUE PAS LA MAGIE MOI-MÊME, MAIS MA "HACHE DU VIDE" EST ÉQUIPÉE DES SORTS DE TYPE BAGI !!
SCHLAC
ARGH !!

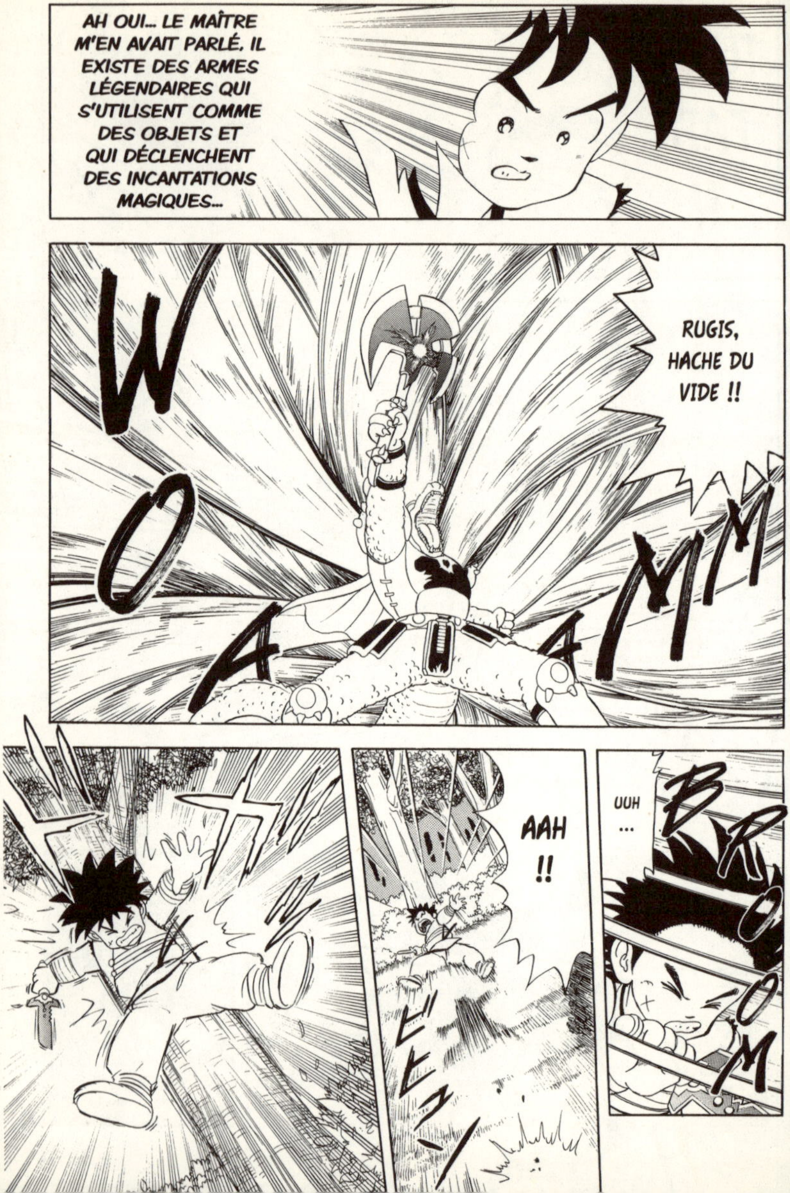
AH OUI... LE MAÎTRE M'EN AVAIT PARLÉ. IL EXISTE DES ARMES LÉGENDAIRES QUI S'UTILISENT COMME DES OBJETS ET QUI DÉCLENCHENT DES INCANTATIONS MAGIQUES...
RUGIS, HACHE DU VIDE !!
WOAAMMM
AAH !!
UUH ...
BROOOM

TU ES FAIT !!
C'EST FICHU ! JE NE POURRAI JAMAIS L'AVOIR PAR LA FORCE !
JE SAIS ! LA VITESSE !! JE VAIS ÉVITER SES COUPS...
ET LUI ENVOYER UN KAÏHA ZAN !!

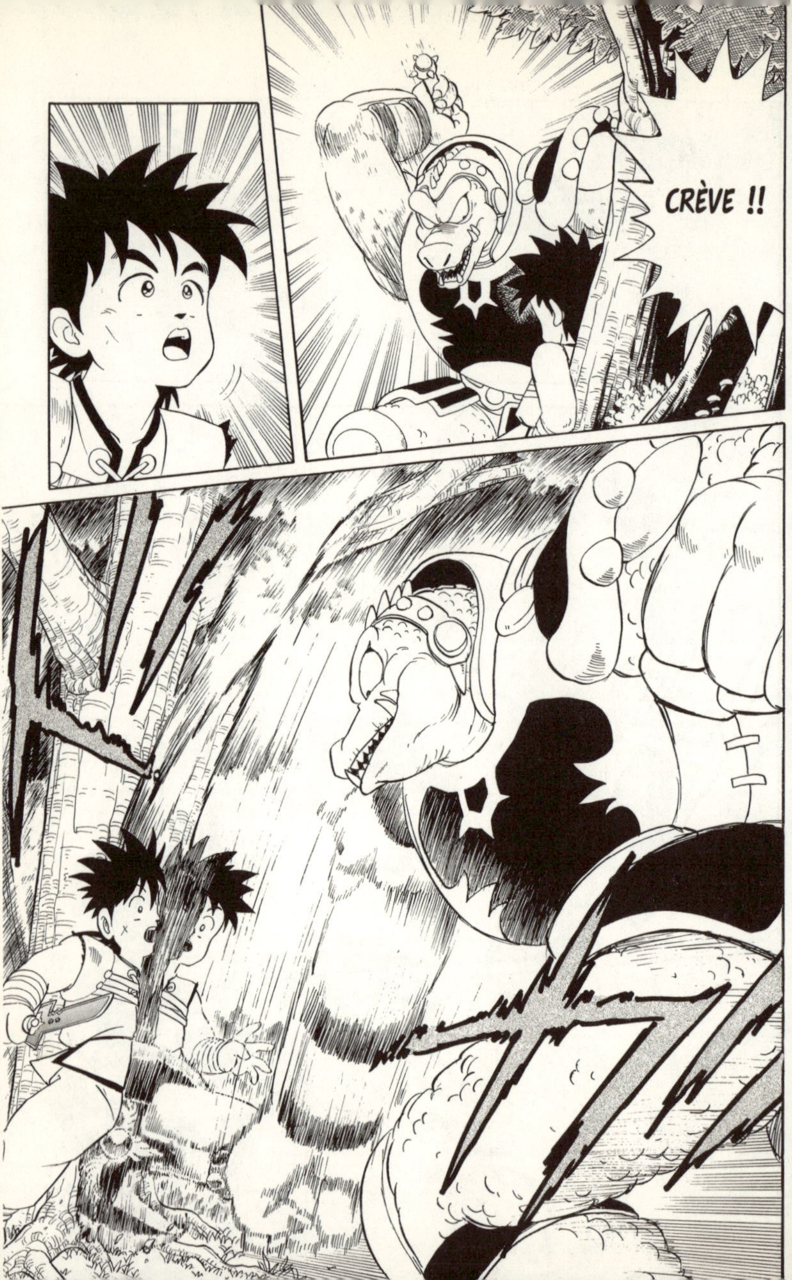
CRÈVE !!

HEIN ?!
OÙ IL EST ?!
YAAH !!
AAH !!

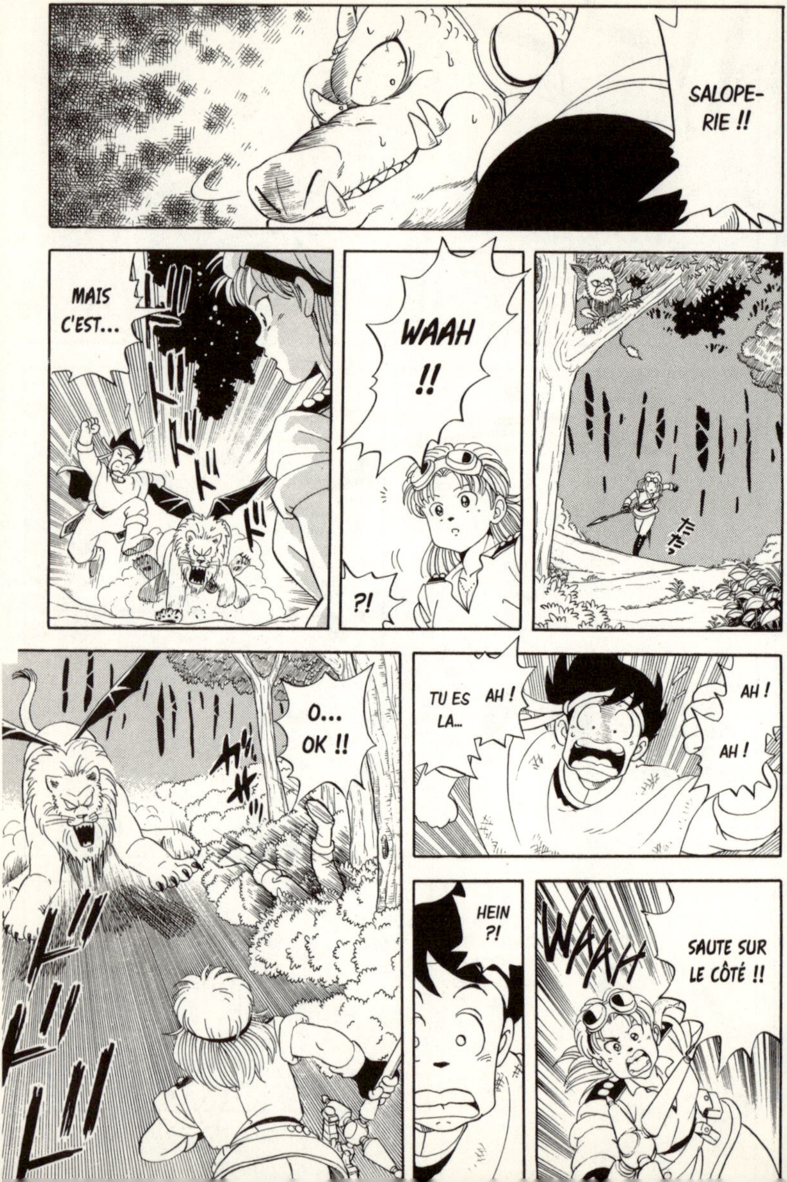
SALOPERIE !!
WAAH !!
?!
MAIS C'EST...
AH ! AH !
TU ES LA...
AH !
WAAH
SAUTE SUR LE CÔTÉ !!
HEIN ?!
O... OK !!

AAH !!
LA VACHE ! ELLE EST PLUS BALÈZE QUE MOI, CETTE FILLE...
ÇA VA ?! TU N'ES PAS BLESSÉ ?!
NON, ÇA PEUT ALLER...
C'EST QUOI, TOUTE CETTE AGITATION ?! QU'EST-CE QUI SE PASSE ?!

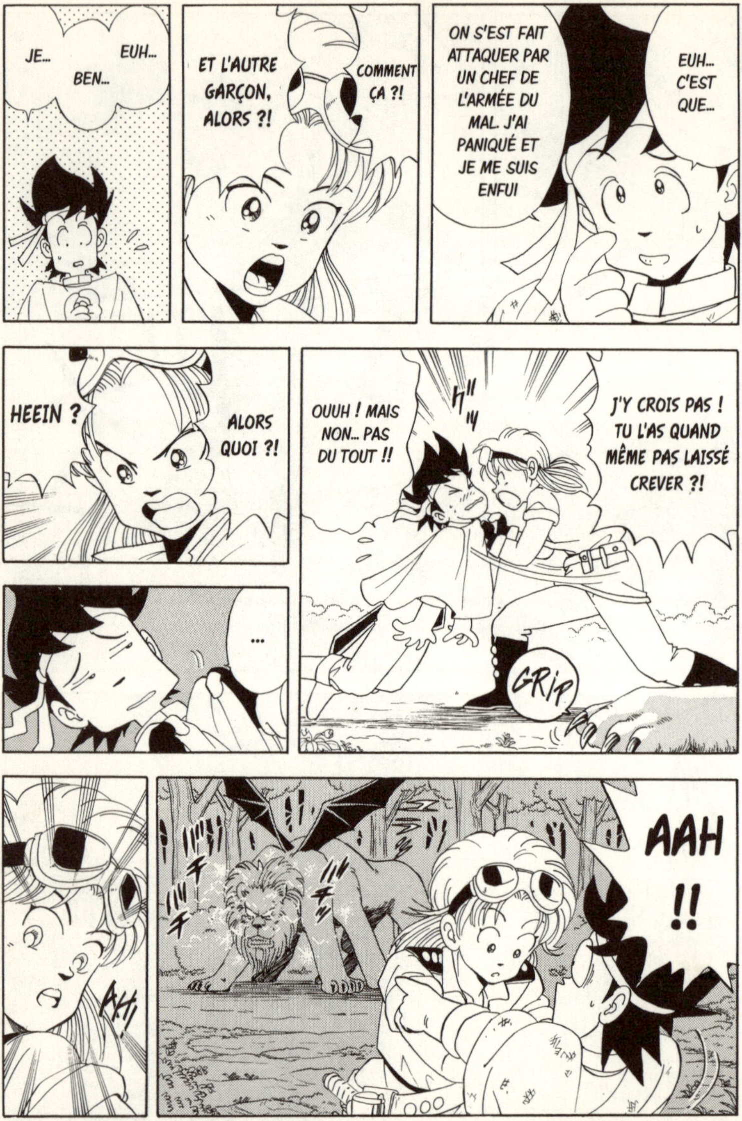
JE... BEN... EUH...
ET L'AUTRE GARÇON, ALORS ?!
COMMENT ÇA ?!
ON S'EST FAIT ATTAQUER PAR UN CHEF DE L'ARMÉE DU MAL. J'AI PANIQUÉ ET JE ME SUIS ENFUI
EUH... C'EST QUE...
HEEIN ?
ALORS QUOI ?!
OUUH ! MAIS NON... PAS DU TOUT !!
J'Y CROIS PAS ! TU L'AS QUAND MÊME PAS LAISSÉ CREVER ?!
...
GRIP
AH !
AAH !!

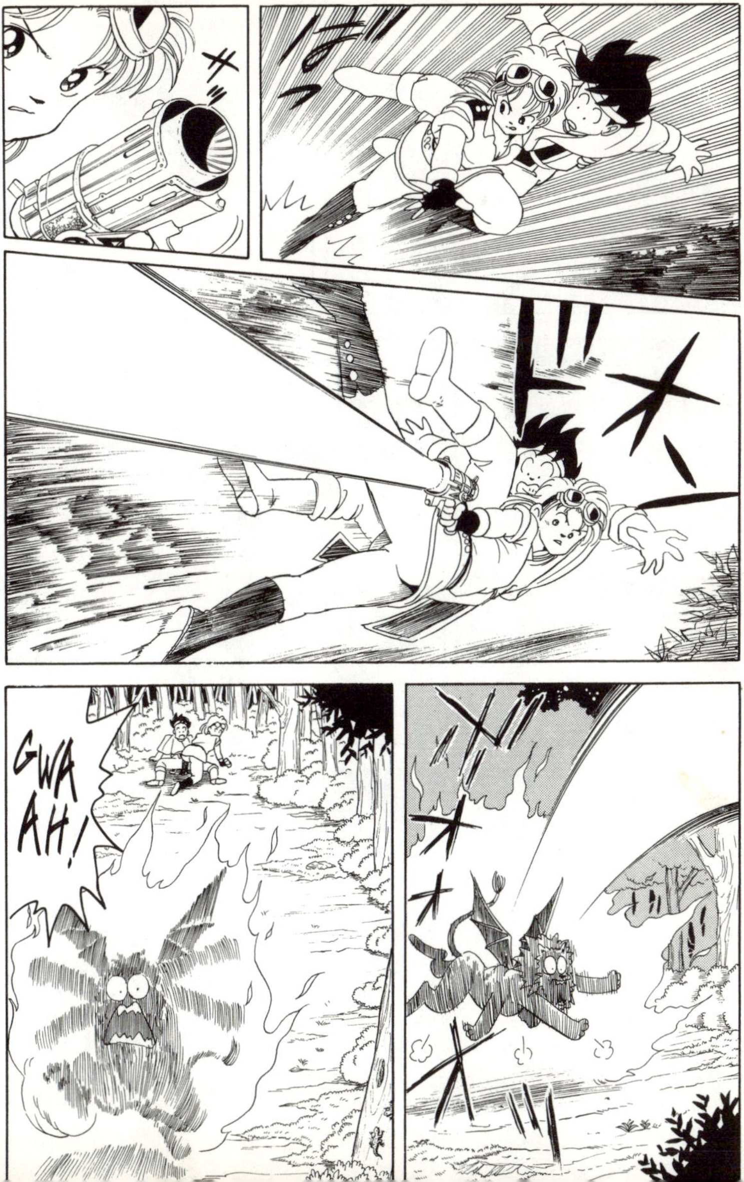
GWA AH!

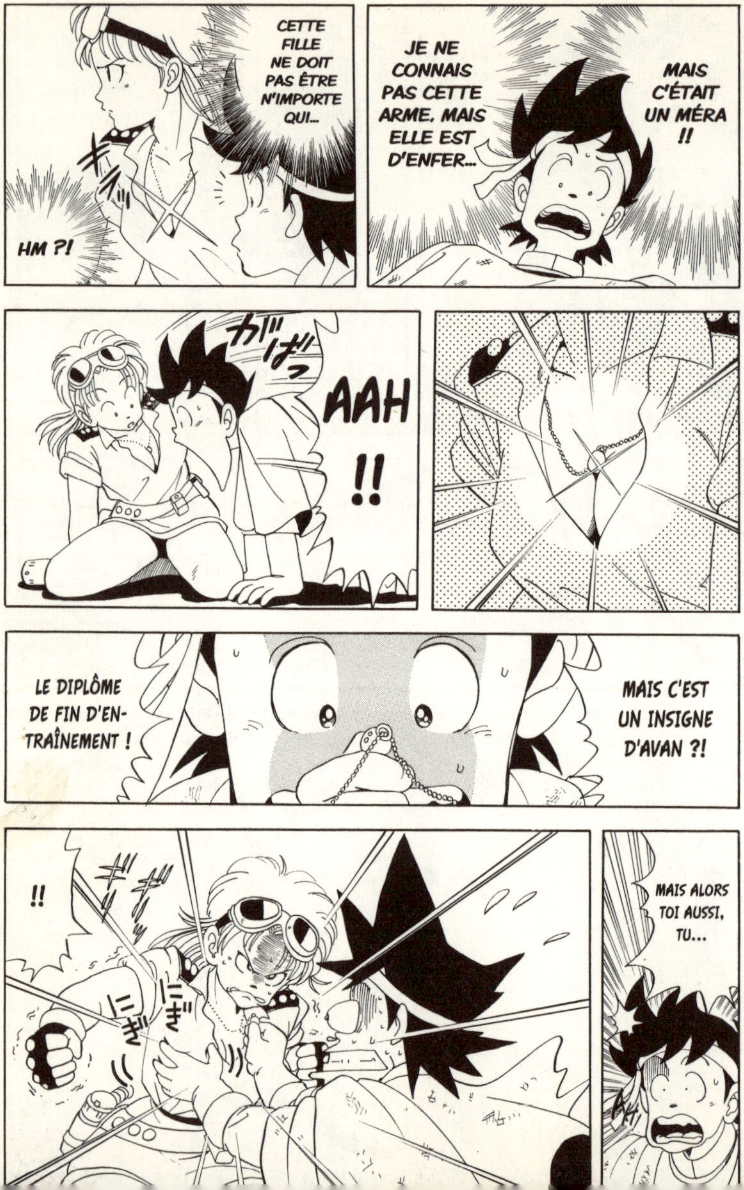
MAIS C'ÉTAIT UN MÉRA !!
JE NE CONNAIS PAS CETTE ARME, MAIS ELLE EST D'ENFER...
CETTE FILLE NE DOIT PAS ÊTRE N'IMPORTE QUI...
HM ?!
がばっ
AAH !!
MAIS C'EST UN INSIGNE D'AVAN ?!
LE DIPLÔME DE FIN D'ENTRAÎNEMENT !
MAIS ALORS TOI AUSSI, TU...
!!
にぎ

EUH… AH… NON… JE NE…
OUPS…
ARRÊTE ! ÉCOUTE CE QUE JE TE DIS, ENFIN !!
SBAM !

GRR... PETIT IMPERTINENT !!
TU VAS M'OBLIGER À UTILISER ENCORE UNE FOIS...
ÇA Y EST !! VOILÀ MA CHANCE DE CONTRE-ATTAQUER !!
MA HACHE DU VIDE !!
BROOO
M
ARCANE À L'ÉPÉE DE L'ÉCOLE AVAN...
WOOAAAA

KAÏHA ZAN !!
TCHAC
ÇA ALORS ?! IL A FENDU L'AIR ?!!
BROOOOO

SCHRAC
MAINTE-NANT !!!
HOP !!
GNN !!!

RAAH !!!
WAAH !!
ÇA... ÇA BRÛLE...
JE PEUX PLUS... BOUGER...
C'EST HEAT BREATH'... MA BOTTE SECRÈTE...
'LE SOUFFLE BRÛLANT
HU HU HU. TU AS RÉUSSI À ME BLESSER... EFFECTIVEMENT, T'ES UN SACRÉ PETIT GARS...
ARGH !
ÇA SUFFIT... TU AS BIEN COMBATTU...
J'AI AFFRONTÉ DES MILLIERS D'ADULTES QUI SE PRENAIENT POUR DES HÉROS, MAIS TU ÉTAIS PLUS FORT QUE N'IMPORTE LEQUEL D'ENTRE EUX...
HAA...

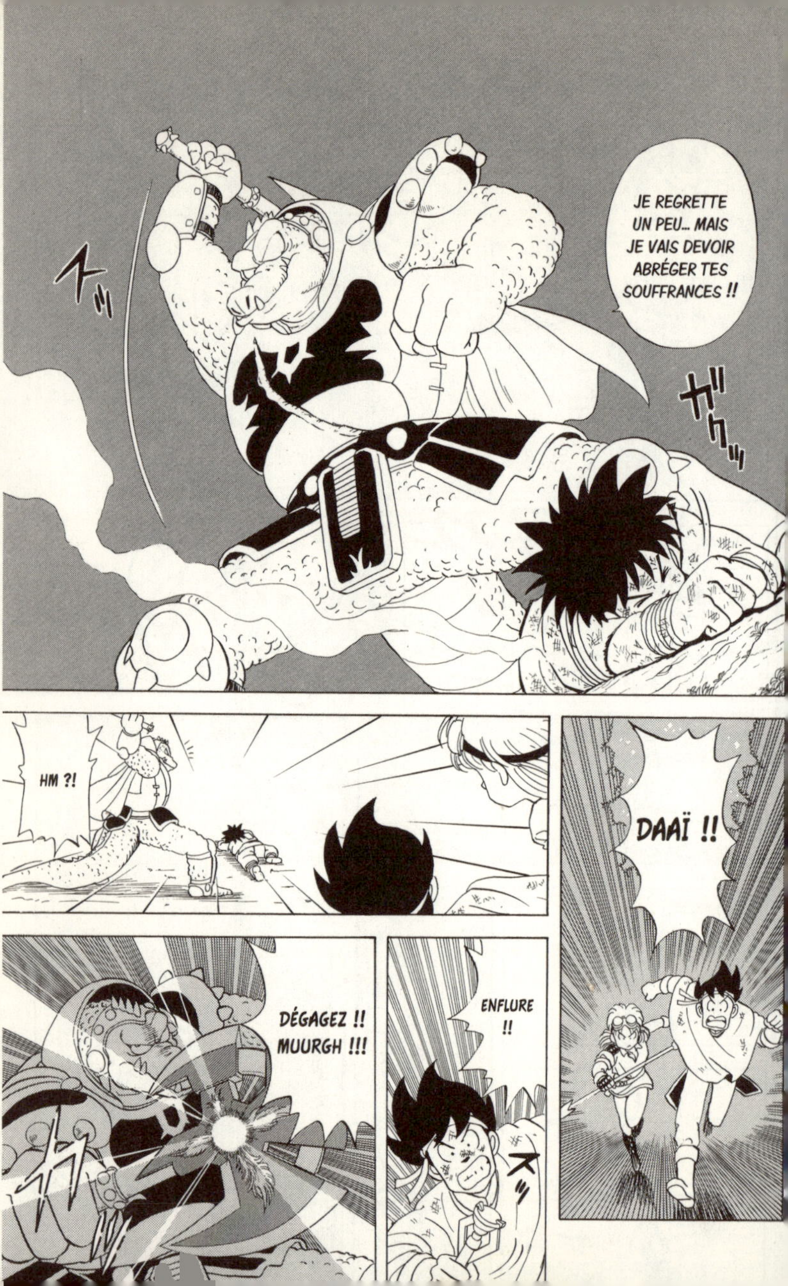
JE REGRETTE UN PEU... MAIS JE VAIS DEVOIR ABRÉGER TES SOUFFRANCES !!
DAAÏ !!
HM ?!
ENFLURE !!
DÉGAGEZ !! MUURGH !!!

BROOM
BROOOOM
!!
IL NOUS EMPÊCHE D'APPROCHER !!

AH, MAIS OUI !! AVEC TON ARME...
HEIN ?!
HÉ ! TU VISES QUI, LÀ ? L'ENNEMI, C'EST CROCODINE, JE TE SIGNALE !!
HÉ !!
TIRE PAS !!
BANG

LE MIRACULEUX...
VRRRRRR
PISTOLET MAGIQUE
がばっ
T'AS PERDU LA TÊTE, OU QUOI ?! POURQUOI TU TIRES SUR DAÏ ?!
NURGH ?!
QUOI ?!
REGARDE !!
DU CALME !

FLASH
SSSHHH
SSHH
SSH
BRR
JE PEUX BOUGER !
MON CORPS N'EST PLUS PARALYSÉ !

SALE MOR-VEUX !!
IL... PEUT SE DÉPLACER...

C'ÉTAIT UN KIARIK
HEIN ?!
JE PIGE PLUS RIEN DU TOUT...
J'AI TIRÉ UN KIARIK, LA FORMULE ANTI-PARALYSIE, SUR LE PETIT
SSHH
C'EST MAÎTRE AVAN QUI M'A DONNÉ CE PISTOLET MAGIQUE
UN PISTOLET ?!
ALORS C'EST ÇA, UN PISTOLET ?!
WAAH...
IL PARAÎT QUE LES VRAIS PISTOLETS SONT REMPLIS DE POUDRE ET TIRENT DES BALLES DE PLOMB...
MAIS LE PISTOLET DU MAÎTRE, LUI, TIRE DE LA MAGIE !

CES CARTOUCHES MAGIQUES CONTIENNENT CHACUNE UNE INCANTATION !!
JE VOIS ! LA DERNIÈRE FOIS, TU AVAIS TIRÉ UNE CARTOUCHE "MÉRA" !!
ALORS LÀ, JE SUIS SCIÉ ! JE CROYAIS QUE...
BROOM
URGH !!
BROOM
CETTE AIDE EXTÉRIEURE N'AURA SUFFI QU'À RALLONGER TA VIE DE QUELQUES SECONDES...
D... DAAÏ !!

IL FAUT QU'ON ESSAYE DE SCELLER SON ARME !!
J'AI TROUVÉ !
TU SAIS FAIRE DES SORTS DE GLACE ? HYADO, PAR EXEMPLE ?!
C'EST À MOI QUE TU DEMANDES ÇA ? TU SAIS PAS QUE MES HYADO SONT MONDIALEMENT RÉPUTÉS...
TU TE LANCERAS DES FLEURS PLUS TARD, CHARGE-MOI CETTE CARTOUCHE !!
EH !
CO...
COM-MENT JE FAIS ?!
METS TON DOIGT SUR L'EXTRÉMITÉ EN PIERRE, ET RÉCITE LA FORMULE !!
BROOOOM

FLASH
HYA-DARKO !!
DÉPÊ-CHE !!
D'ACCORD...
CLING
SSHHHRRR
CLAC

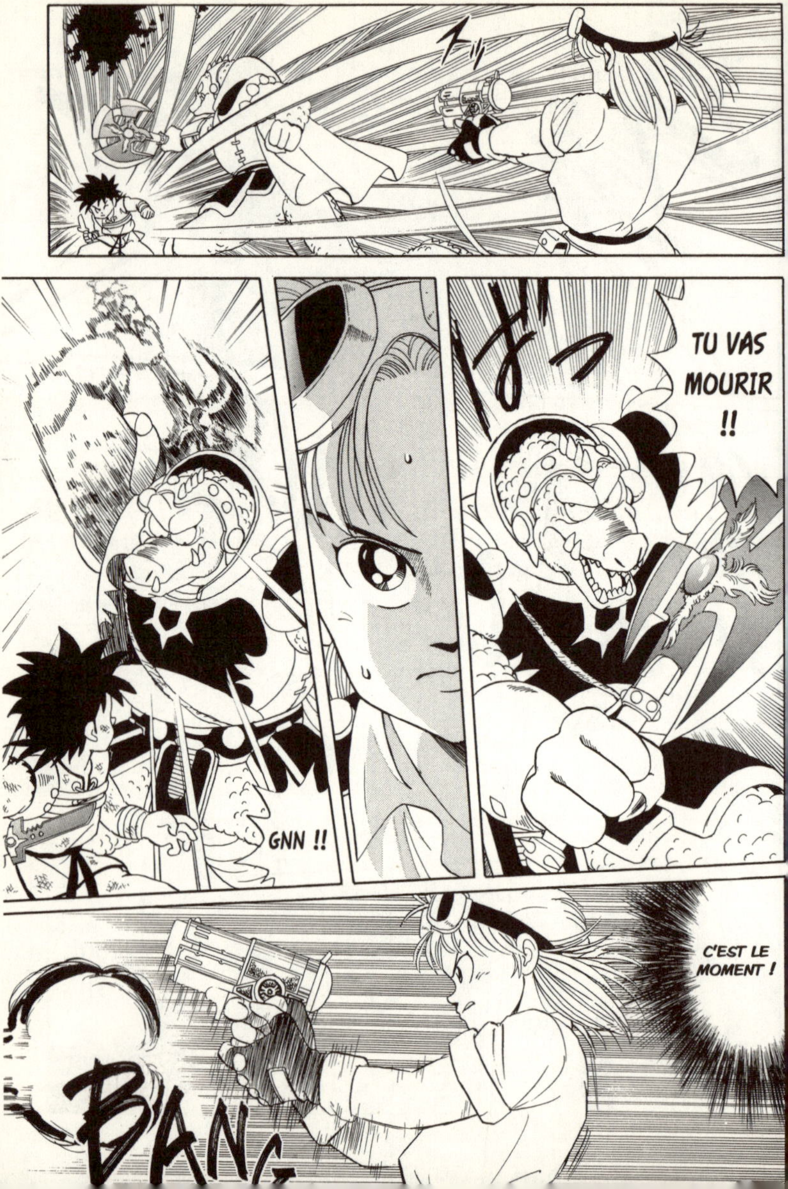
TU VAS MOURIR !!
ばっ
GNN !!
C'EST LE MOMENT !
BAN

CLANG
YAAH !!
CLING
QUOI ?!

PRENDS ÇA, CRO-CODINE !!
JE T'ATTENDS, MOUCHERON !!
EH ?!
NON... LE JOUR SE LÈVE...
AH... LE SOLEIL M'ÉBLOUIT !!

BOOM
YAAAH!!

GWA AH !!
DAÏ ! TU VAS BIEN ?!
POP... C'ÉTAIT PAS SYMPA, DE T'ENFUIR SANS MOI...
EUH... NON... C'ÉTAIT JUSTE POUR...

ドク ドクッ
GRRR-RR...
TU AS OSÉ... ME BLESSER AU VISAGE... ET PIRE, SALIR MON HONNEUR !!
SOUVIENS-TOI DE CE QUE JE VAIS TE DIRE, DAÏ... JE TE TUERAI DE MES MAINS...
JE LE JURE !!
ぞおぉっ

SS...
AH BON... TOI AUSSI. TU ÉTAIS UNE DISCIPLE DE MAÎTRE AVAN...
C'EST POUR ÇA QUE TU ES SI FORTE...
COMMENT VONT TES BLESSURES ? ÇA NE TE FAIT PLUS MAL ?
NON, PLUS DU TOUT. JE ME SENS TRÈS BIEN
TON BÉHOÏMI EST BEAU-COUP PLUS EFFICACE QUE CELUI DE MON GRAND-PÈRE
TU PEUX ME FAIRE UN SORT DE GUÉRISON, À MOI AUSSI ?
EUH...

VOILÀ, DES HERBES MÉDICINALES !
...
DIS DONC !
C'EST QUOI, CETTE DISCRIMINATION ?!
ON NE TRAITE PAS PAREIL UN HÉROS ET UN LÂCHE
RÉPÈTE UN PEU !!
チュン チュン
チチチ!!

PENDANT CE TEMPS, SUR L'ÎLE DERMLINE...
VRRRR
J'AI BIEN L'IMPRESSION QUE GOMÉ A SUIVI DAÏ, ELLE AUSSI...
J'ESPÈRE QU'ILS VONT BIEN...
OUH ?!
JE SENS UNE GIGANTESQUE AURA DE SORCELLERIE...
HI HI HI HI HI... C'EST TOI, LE SAGE INCUBE NOMMÉ BRASS...
L... L'ARMÉE DU MAL ?! IMPOS-SIBLE !!
L'ÎLE EST PROTÉGÉE PAR LE PENTACLE MAGIQUE DE M. AVAN !
HADLAR LUI-MÊME A PEINÉ POUR LE FRANCHIR... QUI A BIEN PU ENTRER SANS UN BRUIT ?!

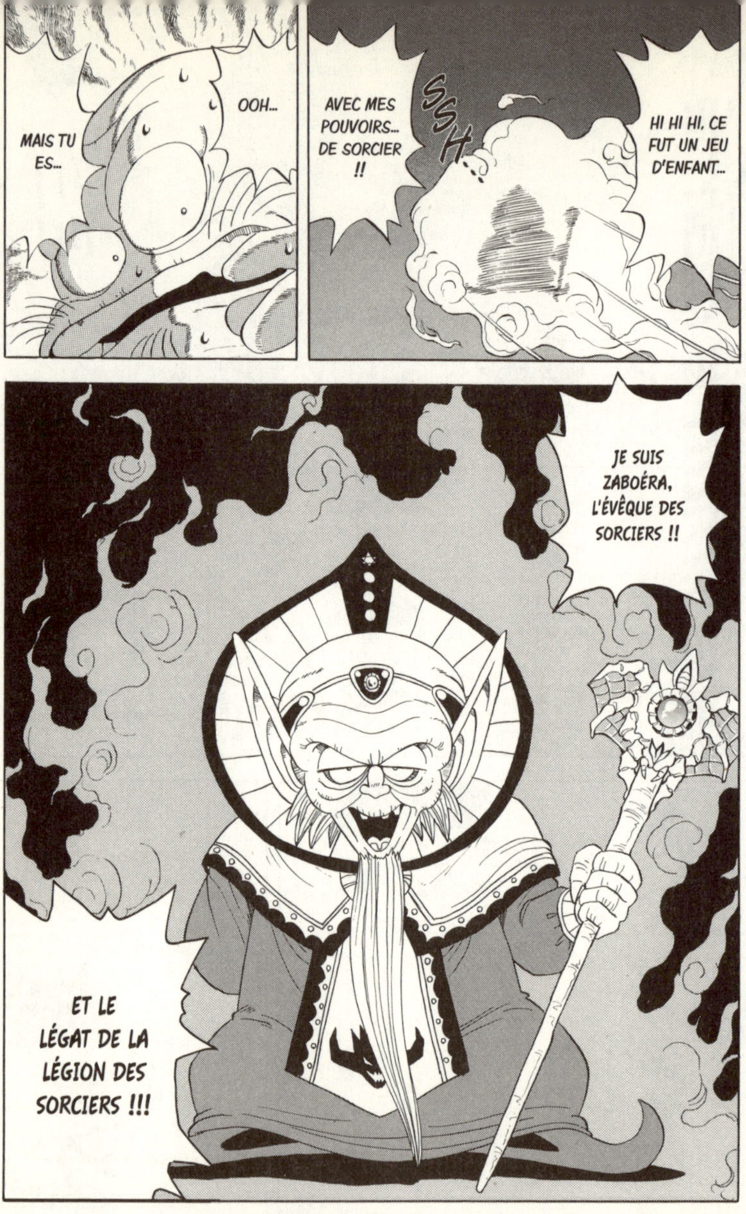
MAIS TU ES...
OOH...
AVEC MES POUVOIRS... DE SORCIER !!
SSH...
HI HI HI, CE FUT UN JEU D'ENFANT...
JE SUIS ZABOÉRA, L'ÉVÊQUE DES SORCIERS !!
ET LE LÉGAT DE LA LÉGION DES SORCIERS !!!

PII !
PIII !
GOMÉ !!
HI
HI
HA
HA
PIII
HA HA
HA HA !

PII !
PIII !
TU ES CONTENTE, HEIN, GOMÉ ?
J'EN CROYAIS PAS MES OREILLES, QUAND J'AI APPRIS QUE TU M'AVAIS SUIVI
C'EST VRAI
C'EST BIZARRE... ELLE A QUITTÉ L'ÎLE, MAIS ELLE N'EST PAS DEVENUE MALÉFIQUE COMME LES AUTRES MONSTRES
AAH !!
QUAND TOUS LES MONSTRES DE L'ÎLE SONT DEVENUS FOUS, GOMÉ EST LA SEULE À ÊTRE RESTÉE NORMALE...
CLING
PEUT-ÊTRE QU'ELLE POSSÈDE UN POUVOIR MYSTÉRIEUX, QUI LA SOUSTRAIT À L'INFLUENCE DU ROI DU MAL...

AH, MAMAN !
たたっ
MERCI, MAAM
EN TOUT CAS, JE SUIS CONTENT DE T'AVOIR RENCONTRÉE
JE T'EN PRIE
?!
JE VOUS PRÉSENTE MA MÈRE, LEILA
TU SAIS, MAMAN, CES GARÇONS SONT DES DISCIPLES DE MAÎTRE AVAN, EUX AUSSI
OH, DES PROTÉGÉS D'AVAN ?!
EUH ?! VOUS AUSSI, VOUS CONNAISSEZ NOTRE MAÎTRE ?
BIEN SÛR QUE OUI ! MA MÈRE ET MON PÈRE, QUI EST DÉCÉDÉ, ONT COMBATTU LE ROI DU MAL AUX CÔTÉS DE MAÎTRE AVAN !

HEEIN ?!
ÇA REMONTE... À PLUS DE 15 ANS...
MON MARI ÉTAIT GUERRIER... J'ÉTAIS PRÊTRESSE... NOUS AVIONS MIS NOTRE FORCE AU SERVICE D'AVAN...
APRÈS LA MORT DU ROI DU MAL, UNE FOIS LA PAIX REVENUE, IL NOUS A RENDU VISITE DANS NOTRE VILLAGE
C'EST À CE MOMENT-LÀ QU'IL A ENTRAÎNÉ MAAM. ÇA FAIT BIEN QUATRE, CINQ ANS...
SI LONGTEMPS... DÉJÀ...

À CE PROPOS... COMMENT SE PORTE AVAN ?!
HEIN ?!
EUH... EH BIEN...
!!
IL VA TRÈS BIEN !
IL EST EN PLEINE FORME !!
DAÏ ?!
C'EST VRAI ? JE SUIS RAVIE DE L'APPRENDRE
SMILE

AU FAIT ! VOUS ALLEZ BIEN RESTER UN PEU AU VILLAGE
ÇA FAIT LONGTEMPS QUE JE N'AI PAS EU DE NOUVELLES DU MAÎTRE
EUH
MAIS... ON VEUT PAS DÉRANGER...
JE VOUS HÉBERGERAI AVEC PLAISIR
OUAIS ! JE VAIS POUVOIR JOUER ENCORE UN PEU AVEC GOMÉ !!
くるくる
PIII !
...
...

MON PÈRE ÉTAIT GUERRIER, ET MA MÈRE PRÊTRESSE. DONC JE SUIS POUR AINSI DIRE UNE PRÊTRESSE GUERRIÈRE...

LE MAÎTRE M'A APPRIS QUELQUES FORMULES DE SOIN ET DE DÉFENSE, ET M'A ENSEIGNÉ LES BASES DU COMBAT
MAIS COMME JE N'ÉTAIS PAS DOUÉE POUR LES SORTS D'ATTAQUE ...
IL T'A DONNÉ CE PISTOLET
OUI, À LA FIN DE MON ENTRAÎNEMENT...
JE N'OUBLIERAI JAMAIS CE JOUR...
C'EST QUOI ?
TON "DIPLÔME", L'INSIGNE D'AVAN
EN LE PORTANT, TU PROUVERAS AU MONDE ENTIER QUE TU ES UNE JUSTICIÈRE !
QUANT À CECI, C'EST UN PETIT CADEAU
EHEM
UN CADEAU ?

M... MAÎTRE ! C'EST...
OUI, C'EST UN PISTOLET !
JE L'AI FABRIQUÉ D'APRÈS CE QUE J'AI LU DANS DES LIVRES
ALORS IL NE RESSEMBLE PAS TELLEMENT À UN VRAI...
EN REVANCHE !
J'AI EU LA GREAT IDÉE D'Y INCORPORER UN SYSTÈME POUR TIRER DES BALLES MAGIQUES...
MAÎTRE !!
QUOI ?!
JE... JE...
JE VEUX PAS D'UN OBJET AUSSI EFFRAYANT !

JE VEUX ÊTRE COMME PAPA ET MAMAN...
SNIF
SNIF
SNIF
JE VEUX PROTÉGER LES GENS DU VILLAGE... C'EST TOUT...
MAAM
TU ES QUELQU'UN DE TRÈS GENTIL
MAIS L'AMOUR ET LA GENTILLESSE NE SUFFISENT PAS TOUJOURS POUR PROTÉGER LES GENS
TU DOIS SAVOIR QUE LA JUSTICE N'EST RIEN SANS FORCE POUR LA SERVIR
CETTE ARME COMPENSERA NON SEULEMENT TA PUISSANCE D'ATTAQUE
MAIS SAUVERA AUSSI DES GENS AVEC DES SORTS DE GUÉRISON ET DE DÉFENSE
LE TOUT, C'EST DE TROUVER COMMENT T'EN SERVIR
ET NE T'INQUIÈTE PAS ! TANT QUE TU L'UTILISERAS, IL TE DONNERA LA FORCE NÉCESSAIRE POUR FAIRE RÉGNER LA JUSTICE !

JE PEUX TE L'ASSURER, MAAM
MAÎTRE AVAN !
ぎゅっ
...
...
IL FAISAIT UN PEU L'IDIOT... MAIS IL ÉTAIT FORT... ET D'UNE RARE BONTÉ... C'ÉTAIT VRAIMENT UN PROFESSEUR FORMIDABLE...
AAH, À FORCE DE PARLER DE LUI, IL ME MANQUE !!

LA PREMIÈRE FOIS QU'ON S'EST RENCONTRÉS, JE L'AVAIS PRISE POUR UN GARÇON...
MAIS À Y REGARDER DE PLUS PRÈS... ELLE EST ASSEZ FÉMININE, EN FIN DE COMPTE...
ドキ
ドキ

AH, AU FAIT !
ハッ
QUOI DONC ?!
スクッ
JE VAIS DEMANDER AU DOYEN DE RECHARGER MES CARTOUCHES EN INCANTATIONS
J'AI TOUT UTILISÉ POUR VOUS SAUVER...
ET LE DOYEN EST LE PLUS DOUÉ DU VILLAGE, POUR LA MAGIE
AH OUI ?
HÉ
ATTENDS
HM ?
JE...
JE VAIS TE LES REMPLIR... PASSE-LES-MOI...
HEM

C'EST VRAI ?!
ÇA M'ARRANGE, MERCI !
TU AS DE LA CHANCE, MAAM. C'EST RARE QUE POP FASSE QUELQUE CHOSE POUR QUELQU'UN D'AUTRE QUE LUI-MÊME
TU POURRAIS AU MOINS ÊTRE DE MON CÔTÉ, PAUVRE ANDOUILLE !!
HA HA HA, JE COMPTE SUR VOUS, ALORS ! MOI, JE VAIS PRÉPARER LE DÎNER !!
BYE BYE !
J'AI PAS PU LUI DIRE...
QUE LE MAÎTRE ÉTAIT MORT...
MOI NON PLUS...
NOTRE MAÎTRE ÉTAIT VRAIMENT EXCEPTIONNEL
BEAUCOUP DE PERSONNES LE RESPECTENT...
OUI

BON !
JE REVIENS !!
HEIN ?!
HÉ, DAÏ ! TU VAS OÙ ?
DAÏ, JE TE PARLE !
QUELLE MOUCHE LE PIQUE ?
HO HISSE
HO HISSE
HM ?
DAÏ... ET LE DOYEN ?!
DE QUOI ILS PEUVENT BIEN PARLER ?

TU VEUX QUE JE T'ENSEIGNE LA MAGIE ?!
OUI, LE TEMPS QUE JE RESTERAI DANS VOTRE VILLAGE...
IL VEUT S'ENTRAÎNER À LA MAGIE ?!
POUR COMBATTRE L'ARMÉE DU MAL... IL FAUT ABSOLUMENT QUE JE M'AMÉLIORE EN INCANTATIONS... JE PEUX PAS RESTER NUL EN MAGIE À VIE !!
MAIS VOYONS... C'EST VRAI, JE SUIS LE MEILLEUR MAGICIEN DU VILLAGE...
MAIS JE N'AI RIEN À APPRENDRE À UN DISCIPLE D'AVAN COMME TOI
EN FAIT... MON MAÎTRE NE M'A ENTRAÎNÉ QUE PENDANT TROIS JOURS... C'EST POUR ÇA...
?!
COMMENT ? MAIS POURQUOI DONC ?!

M. LE DOYEN... NE LE RÉPÉTEZ SURTOUT PAS À MAAM ET SA MAMAN...
GNN
MON MAÎTRE...
MAÎTRE AVAN EST MORT !
!!!
ビクン
IL A DONNÉ SA VIE POUR NOUS SAUVER DU ROI DU MAL !!!

JE VEUX DEVENIR PLUS FORT, MÊME SI C'EST RIEN QU'UN PEU...
POUR VENGER MON MAÎTRE !!
HUM... JE VOIS...

HOÏMI

SORT DE GUÉRISON

LA MÈRE DE MAAM EST PRÊTRESSE, IL EST DONC ▼ NORMAL QUE SA FILLE SOIT EXPERTE EN INCANTATIONS DE SOIN. ELLE SAIT UTILISER NON SEULEMENT LE SORT DE BASE, HOÏMI, MAIS ÉGALEMENT SON NIVEAU SUPÉRIEUR, BÉHOÏMI.

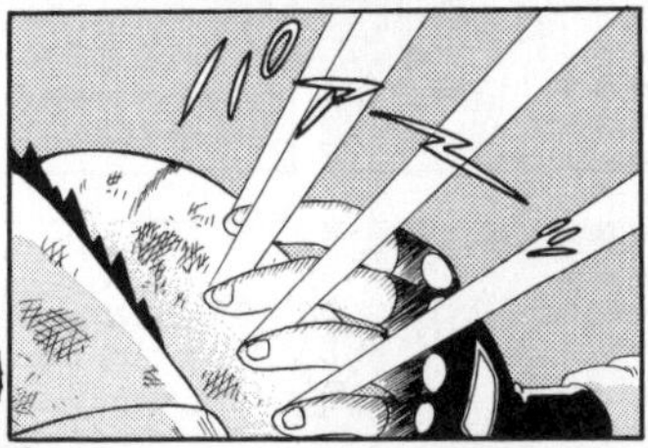

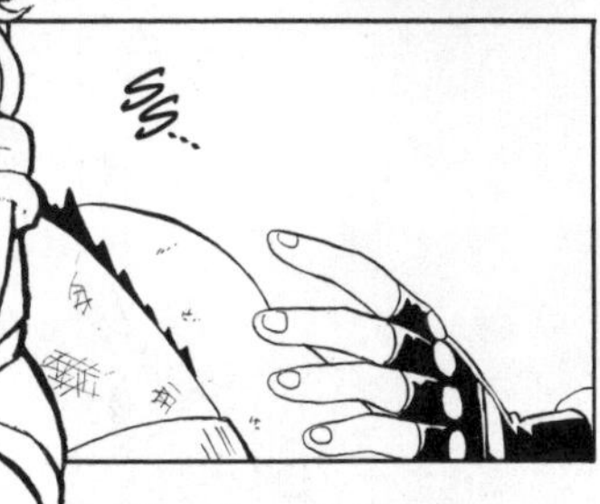

▲ LE PLUS SOUVENT, IL FAUT TOUCHER LE CORPS DE LA PERSONNE À SOIGNER POUR QUE LE SORT FASSE EFFET.

Guérir une blessure, reprendre de l'énergie physique, tels sont les effets des incantations de type Hoïmi. Ce sont principalement les prêtres qui sont rôdés à ces formules.
Voici leur classement, du plus faible au plus puissant : Hoïmi => Béhoïmi => Béhoma. On ne peut supposer partir en quête sans avoir avec soi quelqu'un capable de les utiliser.

GROAAR !!
WOOH !!
J'AI ÉCHOUÉ !!
HAA...
D'ACCORD, IL EST TRÈS FORT... MAIS C'EST QUAND MÊME UN GOSSE, QUI M'A PRIS UN ŒIL !!
HAA...
HAA...
TROIS FONT DE LA COMPAGNIE !!
IL VA...
ME LE PAYER TRÈS CHER...
MODÈRE TA COLÈRE, CRO-CODINE...
HM ?! QUI A PARLÉ ?!
HI HI HI HI HI ! ENFIN, IL Y A DE QUOI ÊTRE ÉNERVÉ. SE BATTRE CONTRE UNE POIGNÉE DE MARMOTS, ET SE RETROUVER AINSI BLESSÉ, QUELLE HONTE...
VLOOF

TROIS FONT DE LA COMPAGNIE !!

ZABOÉRA... L'ÉVÊQUE DES SORCIERS !!
HI HI HI...
ÇA FAISAIT LONG-TEMPS... ROI DES CAR-NASSIERS...
HÉ HÉ
COMMENT AS-TU SU POUR MA BLESSURE ?!
LES YEUX DE DÉMONS, EMPLOYÉS POUR ESPIONNER LE CHAMP DE BATAILLE...
SONT DES MEMBRES DE MA LÉGION DES SORCIERS...
JE T'AI VU EN DÉTRESSE, ALORS JE SUIS VENU T'AIDER
TOI, M'AIDER ?!
NYARK

BRR BRR
HÉ HÉ HÉ...
TU PENSES QUE JE VAIS RECOURIR À UN STRATAGÈME AUSSI LÂCHE ?!
PARDON ?!
TU CROIS ? CE PETIT DAÏ EST CORIACE... IL NE FAUT PAS LE SOUS-ESTIMER...
TU RIGOLES, J'ESPÈRE ! JAMAIS J'ACCEPTERAI L'AIDE D'UN FOURBE COMME TOI. JE ME BATTRAI CONTRE LUI À LA LOYALE, ET JE GAGNERAI !!
LE SEIGNEUR HADLAR EST AU COURANT DE LA FORCE DE DAÏ, MAIS QUE PENSERONT LES QUATRE AUTRES LÉGATS ?
AH !
TU N'AURAS PLUS TA PLACE DANS L'ARMÉE DU MAL
HÉ HÉ HÉ...
DE PLUS... SI JAMAIS TU LE RATES UNE NOUVELLE FOIS...

ILS DIRONT QUE LE ROI CROCODINE EST UN LOURDAUD, MÊME PAS CAPABLE DE RÉGLER SON COMPTE À UN PETIT GARÇON...
ET PUIS QUOI, ENCORE ?!
JE DIS ÇA DANS TON INTÉRÊT... PRENDS CECI
TU N'AS PAS ENVIE DE PERDRE TON TITRE, N'EST-CE PAS ?!
HEIN ?!
...

HUUM !!
OOH, TRÈS BIEN !
MÉRA !!
VLOOF
?!
AAH ! CATASTRO-PHE !!
SSH

J'AI PAS DIT MON DERNIER MOT !
AAH !!

J... J'AI RÉUSSI !
J'AI ENFIN RÉUSSI À LANCER UNE INCANTATION, À MOI TOUT SEUL !!
YOUPI !!
OUAIS !! IL A LANCÉ UNE BOULE DE FEU À LA MAIN !!
OUI ! JE TE FÉLICITE, DAÏ
EN FAIT, QUAND UN SIGNE APPARAÎT SUR SON FRONT, IL DÉVELOPPE UNE FORCE MONSTRUEUSE. À CE MOMENT-LÀ, IL PEUT LANCER DES SORTS TRÈS PUISSANTS
QUOI ? QU'EST-CE QU'IL VEUT DIRE ?!

MAIS ÇA M'ÉTONNERAIT QU'IL SOIT L'UN D'EUX...
ON RACONTE QUE CEUX QUI PORTENT UNE MARQUE SUR LE FRONT ÉTAIENT DES CHEVALIERS SURPUISSANTS, EN COMBAT COMME EN MAGIE...
C'EST VRAIMENT UN DRÔLE DE GARS
HUM...
HO HO HO... LE PRINCIPAL, C'EST DE TOUCHER L'ENNEMI. IL A RUSÉ POUR PALLIER SON POINT FAIBLE... IL EST EXCELLENT, CE GARÇON
IL A DÛ RECOURIR À UNE TECHNIQUE DE COMBAT POUR LANCER SON SORT... ON NE PEUT PAS DIRE QUE CE SOIT UNE RÉUSSITE
JE VEUX DEVENIR PLUS FORT, MÊME SI C'EST RIEN QU'UN PEU !
POUR VENGER MON MAÎTRE !!
...

MAÎTRE...
QUOI ?! VOUS QUITTEZ LE VILLAGE DEMAIN ?!
OUI, ON PEUT PAS RESTER PLUS LONG-TEMPS
QU'EST-CE QUE VOUS ALLEZ Y FAIRE, À ROMOS ?
ON VA SAUVER LE ROI ! IL PARAÎT QU'IL EST ASSAILLI PAR LES MONSTRES
AH BON...
バタン

MAAM N'AVAIT PAS L'AIR DE BONNE HUMEUR...
DIS-MOI, DAÏ... IL FAUDRAIT PEUT-ÊTRE LUI DIRE LA VÉRITÉ...
SURTOUT PAS !!
POURQUOI ?!
IMAGINE, ELLE POURRAIT SE JOINDRE À NOUS...
ÇA A BEAU ÊTRE UNE FILLE, ELLE NOUS SERAIT TRÈS UTILE, EN COMBAT
MAIS MAAM DOIT PROTÉGER SON VILLAGE, C'EST TRÈS IMPORTANT POUR ELLE...
JE SAIS, MAIS...
HÉ HÉ...
QUOI ?!
POP... TU ES AMOUREUX DE MAAM, C'EST ÇA ?!
ギクッ

QU'EST-CE QUE TU RACONTES ?!
ばたばた
POURQUOI J'AIMERAIS UNE FILLE COMME ELLE, D'ABORD ?!
MENTEUR ! T'ARRÊTES PAS DE LA DÉVORER DES YEUX !
AH...
ÇA... C'EST JUSTE PARCE QU'ELLE A UNE BELLE POITRINE, ÇA ATTIRE L'ŒIL !
SA POI-TRINE ?
AH BON, TU AIMES LES GROS SEINS ? T'ES UN GRAND GAMIN, EN FAIT...
C'EST QUI, LE GAMIN, ICI ?!!
HOU HOUUU...

'POUR TOUS CEUX QUI, COMME DAÏ, NE SAVENT PAS CE QUE C'EST, VOIR DRAGON BALL, TOMES 1 ET 2 !

DAÏ... QUAND TU AURAS FINI TOUT TON TRAVAIL, TU REVIENDRAS AU VILLAGE, HEIN ?
OUI, JE TE PROMETS
BYE BYE, GOMÉ
PIII!
FAITES ATTENTION À VOUS
AU REVOIR, MAAM... ET MERCI POUR TOUT
MERCI
BON COURAGE !

J'AIMERAIS BIEN VOUS ACCOMPAGNER, MAIS...
JE SUIS DÉSOLÉE...
T'INQUIÈTE ! ON NOUS A DONNÉ UNE CARTE DE LA FORÊT
TADAM
DAÏ...
AU REVOIR, MAAM ! ON SE REVERRA UN JOUR, C'EST SÛR !!
HÉ HÉ HÉ... JE REVIENDRAI AVEC LUI !
POP !

J'ESPÈRE QU'ILS S'EN SORTIRONT
CE SONT DES GARÇONS TRÈS BRAVES... ILS SONT SI JEUNES, ET ILS VONT AFFRONTER L'ARMÉE DU MAL...
QU'EST-CE QU'IL Y A, MAAM ?
TOUS LES DEUX, ILS RISQUENT LEURS VIES POUR VENGER NOTRE MAÎTRE... ET MOI, JE... JE...
MAAM...
MAAM...

MAAM, VA AVEC EUX...
MAMAN !
TU VEUX ALLER LES AIDER, N'EST-CE PAS ?
TU PEUX PARTIR SANS T'EN FAIRE POUR NOUS
M... MAIS...
IL Y A 15 ANS... MOI AUSSI. C'EST EN VOYANT TON PÈRE ET AVAN CONTINUER DE SE BATTRE SANS RELÂCHE MALGRÉ TOUTES LEURS BLESSURES...
QUE J'AI QUITTÉ LE VILLAGE POUR LES REJOINDRE

TELLE MÈRE, TELLE FILLE. JE NE VAIS PAS T'EN EMPÊCHER
MAMAN...
C'EST VRAI ! VAS-Y !!
C'EST POUR TE REMERCIER DE TOUJOURS NOUS AVOIR AIDÉS. ON PROTÉGERA LE VILLAGE NOUS-MÊMES
VA AIDER GOMÉ ET LES AUTRES !!
MAAM, NE T'INQUIÈTE PAS POUR LE VILLAGE. JE M'EN CHARGE
M. LE DOYEN...
LA DÉTERMINATION DE DAÏ M'A MOTIVÉ, MOI AUSSI
HA HA HA HA

MERCI... À TOUS...
MERCI !
DAÏÏ !!
POP !!!
?
?!
MAAM ?!!
DAÏ ! POP !
MOI AUSSI... MOI AUSSI !

JE VIENS AVEC VOUS !!

MÉGANTÉ

SORT D'AUTO-DESTRUCTION

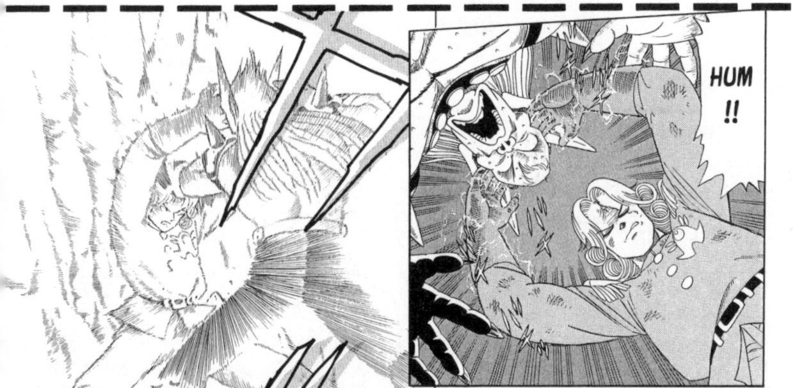

◀▲ POUR PROTÉGER SES DISCIPLES, AVAN DÉCIDE DE MOURIR HÉROÏQUEMENT, ET RÉCITE LA FORMULE MÉGANTÉ DEVANT HADLAR ! CETTE INCANTATION EST CONSIDÉRÉE TRADITIONNELLEMENT COMME UNE FORMULE SECRÈTE DE DERNIER RECOURS, MAIS DANS LA PRATIQUE, TRÈS PEU DE GENS L'ONT DÉJÀ UTILISÉE...

Un sort terriblement destructeur, qui consiste à changer toute son énergie vitale en une effroyable explosion pour éliminer son adversaire... voilà ce qu'est Méganté ! Il ne consomme presque pas de mana, mais prend la vie de celui qui l'invoque. C'est une incantation de sacrifice.

menace sur
Gomos

AAH... LA NUIT EST DÉJÀ TOMBÉE...
GRR
GRR
GRR
ON N'EST PAS BIENTÔT ARRIVÉS À ROMOS ? J'EN AI MARRE DE DORMIR À LA BELLE ÉTOILE
GRR
TU VAS ARRÊTER DE RUMINER, OUI ?!
C'EST NORMAL, ON A FAIT UN DÉTOUR POUR NE PAS SE FAIRE REPÉRER PAR LES ENNEMIS !
TU PRÉFÉRAIS PEUT-ÊTRE RETOMBER SUR LE ROI DES CARNASSIERS MACHIN-TRUC ?!
T'AS RAISON... JE TE FAIS CONFIANCE...

SOUVIENS-TOI DE CE QUE JE VAIS TE DIRE, DAÏ... JE TE TUERAI DE MES MAINS...
JE LE JURE !!
JE DEVRAI L'AFFRONTER UN JOUR OU L'AUTRE... C'EST SÛR...
!
ON EST DE L'AUTRE CÔTÉ !!
HEIN ?!

VOILÀ LE CHÂTEAU DE ROMOS !
TIENS, T'ÉTAIS PAS À BOUT DE FORCES, TOI ?
HI HI HI...
ALLEZ ! EN ROUTE VERS LE CHÂTEAU, VITE !!
ÇA Y EST... ON EST ENFIN ARRIVÉS !
TOUS AU CHÂTEAU DE ROMOS ! GO ! GO !!

HII ?!
SA MAJESTÉ S'EST DÉJÀ RETIRÉE DANS SES APPARTE-MENTS
ALLEZ PASSER LA NUIT DANS UNE AUBERGE ET REVENEZ DEMAIN !
OH NON ! ON EST VENUS DE SUPER LOIN, JE VOUS SIGNALE
VOUS POUVEZ PAS NOUS FAIRE ÇA !!
JE REGRETTE, MAIS À CAUSE DE LA RECRUDESCENCE DE MONSTRES, LA SÉCURITÉ DU CHÂTEAU A ÉTÉ RENFORCÉE
PERSONNE N'EST AUTORISÉ À ENTRER DANS LE PALAIS EN PLEINE NUIT

VOUS ALLEZ VOUS FAIRE HOUSPILLER, SI VOUS NOUS LAISSEZ PAS ENTRER
VOUS SAVEZ, LES GARS... ÇA SE VOIT PEUT-ÊTRE PAS, MAIS ON EST DES AMIS DU ROI...
TISSU DE MENSONGES ! JE M'EN VAIS TE JETER AU CACHOT, MOI !!
DISPARAISSEZ, ET PLUS VITE QUE ÇA !!
ARRÊTE DE GROMME-LER, ON VA CHERCHER UNE BONNE AUBERGE
CRÉNOM DE NOM ! MOI QUI VOULAIS DORMIR DANS UN LIT DOUILLET, AU CHÂTEAU...
GRRM
GRRM
GRRM
GRRM
GRRM
GRRM
GRRM
AH, REGARDEZ !
INN

カラララン
BIEN-VENUE
IL EST TRÈS TARD, VOYAGEURS, VOUS DEVEZ ÊTRE FATIGUÉS
EUH... ON VOUDRAIT UNE CHAMBRE POUR TROIS, S'IL VOUS PLAÎT
TROIS PERSONNES, TOUT À FAIT... C'EST 15 PIÈCES D'OR LA NUIT, ÇA VOUS VA ?
HÉÉ... C'EST PAS CHER, POUR UNE BELLE AUBERGE COMME ÇA...
ON LA PREND
OH, VOUS COMBATTEZ L'ARMÉE DU MAL ?!
OUICHE !!

OH, QUEL-LE COÏN-CIDENCE...
JUSTEMENT, JE LOGE DÉJÀ UN HÉROS ET SA TROUPE, DANS MON AUBERGE !
NOUS SOMMES UNE COMPAGNIE, AVEC UN HÉROS, ET TOUT
UN HÉROS ?!
POUR DE VRAI ?!
OUI, ILS SONT DANS CETTE CHAMBRE
201
TAP !!
NON, DAÏ, TU IRAS LES VOIR DEMAIN !
JE VAIS JUSTE LEUR DIRE BONSOIR
PFFF...

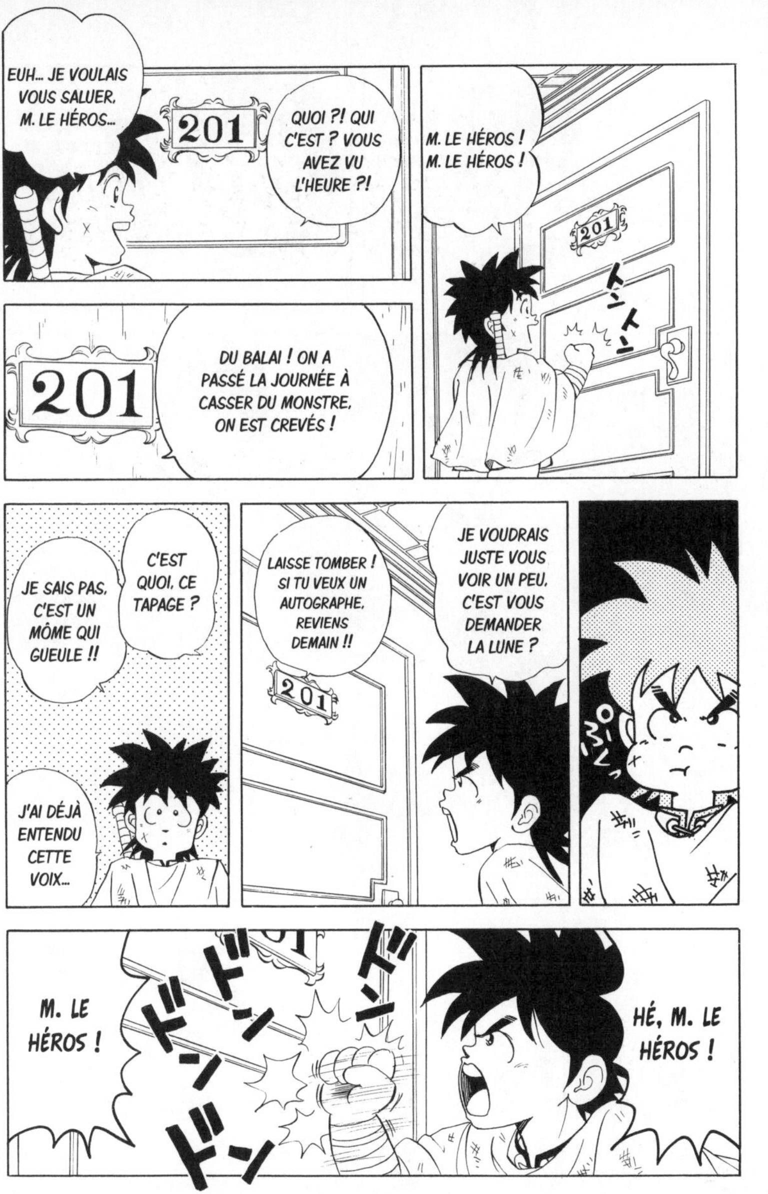
M. LE HÉROS ! M. LE HÉROS !
QUOI ?! QUI C'EST ? VOUS AVEZ VU L'HEURE ?!
EUH... JE VOULAIS VOUS SALUER, M. LE HÉROS...
DU BALAI ! ON A PASSÉ LA JOURNÉE À CASSER DU MONSTRE, ON EST CREVÉS !
JE VOUDRAIS JUSTE VOUS VOIR UN PEU, C'EST VOUS DEMANDER LA LUNE ?
LAISSE TOMBER ! SI TU VEUX UN AUTOGRAPHE, REVIENS DEMAIN !!
C'EST QUOI, CE TAPAGE ?
JE SAIS PAS, C'EST UN MÔME QUI GUEULE !!
J'AI DÉJÀ ENTENDU CETTE VOIX...
HÉ, M. LE HÉROS !
M. LE HÉROS !

ぱっ
RAAH !! TU PEUX PAS LA METTRE EN VEILLEUSE ?!!
AH !
HÉ !!!
AAH !!
LE FAUX HÉROS DE LA DERNIÈRE FOIS !!
LE... LE PETIT MONSTRE !!
HEEIN ?!
ARGH !!
WOUAAH !!
TOI ?!

BADAMBOM
HII !!
TAP
VOUS ÊTES TOUJOURS DANS CETTE VILLE ?!
PII PIII !
QU'EST-CE QUI SE PASSE, DAÏ ?!
CE SONT DES BANDITS QUI SE FONT PASSER POUR DES HÉROS !!
ILS ONT MÊME ENLEVÉ GOMÉ, CE SONT DES CRIMINELS DE LA PIRE ESPÈCE !!
GRR
ATTENDS ! C'EST FINI, ON FAIT PLUS RIEN DE MAL !!
C'EST VRAI ! ON A PAYÉ POUR NOS CRIMES, ET MAINTENANT ON SE DONNE DU MAL POUR DEVENIR DES VRAIS HÉROS !

VOUS VOUS DONNEZ DU MAL ? EN FAISANT QUOI ?
EH BIEN... PAR EXEMPLE, ON TUE DES MONSTRES MOINS FORTS QUE NOUS, AUTANT QUE POSSIBLE, POUR RECEVOIR DES RÉCOMPENSES...
ON VA OUVRIR TOUS LES COFFRES DANS LES CHÂTEAUX DÉVASTÉS PAR L'ARMÉE DU MAL...
ET ON SE FAIT PAS MAL D'ARGENT EN APPRENANT DE VAGUES TECHNIQUES DE COMBAT ET DE MAGIE AUX SOLDATS ROYAUX
OH OUI !
HA HA HA HA HA
MAIS C'EST DÉJÀ CE QUE VOUS FAISIEZ AVANT...
SE BATTRE CONTRE DES ENNEMIS PLUS FAIBLES QUE VOUS, C'EST PAS CE QU'ON APPELLE DES HÉROS
T'ES BIEN PLACÉ POUR DIRE ÇA... TOI...
OUPS...

...
VENEZ JOUER AU POKER AVEC NOUS !!
HA HA HA !
TU VOIS... C'EST DU PASSÉ. ALLEZ, ON OUBLIE TOUT ET ON PARDONNE !
PII... PIII...
OOH, GOMÉ ! TOUJOURS AUSSI JOLIE...

INN

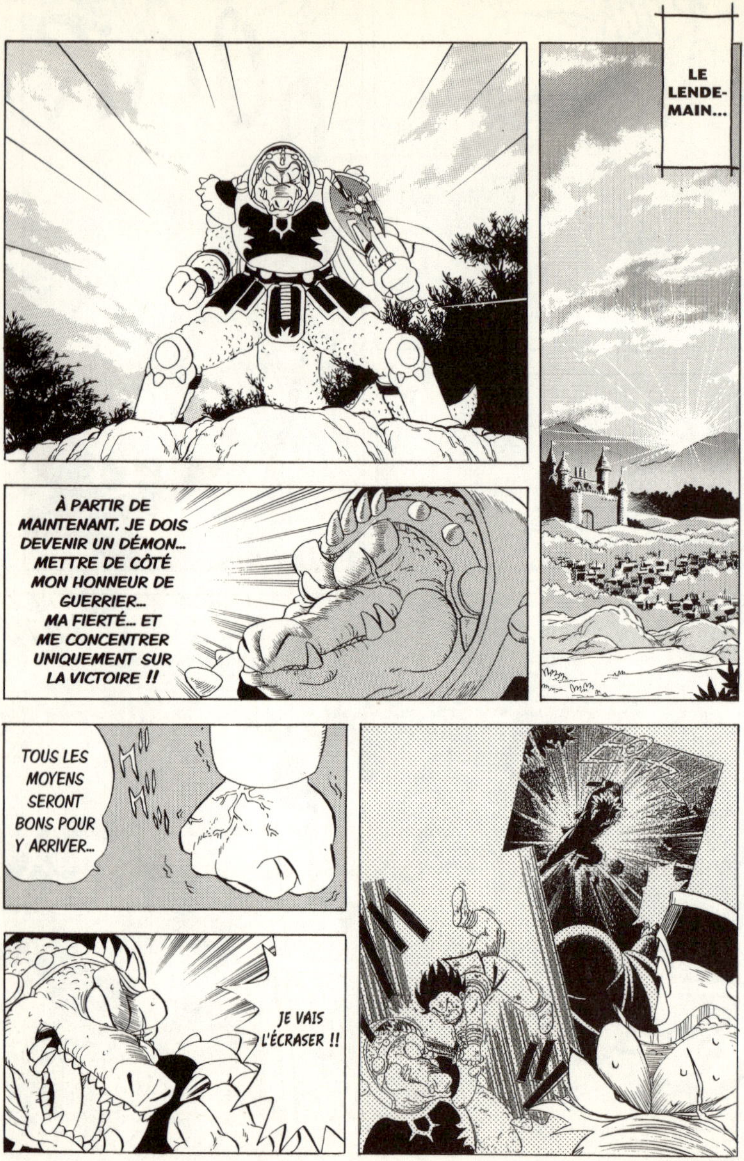
LE LENDEMAIN...
À PARTIR DE MAINTENANT, JE DOIS DEVENIR UN DÉMON... METTRE DE CÔTÉ MON HONNEUR DE GUERRIER... MA FIERTÉ... ET ME CONCENTRER UNIQUEMENT SUR LA VICTOIRE !!
TOUS LES MOYENS SERONT BONS POUR Y ARRIVER...
JE VAIS L'ÉCRASER !!

ROOOAR
ROOA—R
ROOA—R
GNI
GNI
GNI
GNI
GNI
GNI

CROÂÂ-
ÂÂ !!
FLAP !!

MONTRE-
TOI, DAÏ !!

SINON... LE ROYAUME DE ROMOS NE SERA PLUS QU'UN CHAMP DE RUINES AVANT LA FIN DE LA JOURNÉE !!!

DRAGON QUEST *- LA QUÊTE DE DAÏ -*

DAÏ

[Ire PARTIE]

FICHE DE PERSONNAGE

MAGIE

MÉRA

DAÏ

HÉROS
SEXE : MASCULIN
NIVEAU : 15

STATUT

FORCE : 48
AGILITÉ : 76
ENDURANCE : 61
SAGESSE : 22
CHANCE : 30
HP MAX : 105
MP MAX : 23
ATTAQUE : 72
DÉFENSE : 40
EXP : 16683

EQUIPEMENT

- GLAIVE DE PAPNICA
- TENUE EN TISSU

Quand l'emblème du dragon se met à briller sur son front, sa puissance se décuple, et il peut utiliser de grandes incantations. L'origine de cette marque est encore un mystère !!

Description de l'arme :
- Glaive de Papnica
C'est Léona, la princesse du royaume de Papnica, qui l'a offert à Daï. Il a été forgé dans un argent spécial, propre à Papnica, qui lui confère beaucoup plus de puissance qu'un glaive sacré ordinaire.

BRRROOOOMM
?!
がばっ
バーン
ダッ
JE RECONNAIS CES CRIS...
La marche des carnassiers !!

BOM
BOM
BOM
LA MARCHE DES
CARNASSIERS !!

UNE ARMÉE DE MONSTRES ?!
BOM
BOM
C'EST LA LÉGION DES CARNASSIERS DE CROCODINE !!
BOM

HII !!
UNE ATTAQUE GÉNÉRALE !!
TAP TAP TAP TAP
C...
C'EST...
C...
C'EST LA LÉGION DES CARNAS-SIERS, DE L'ARMÉE DU MAL !
HÉ ! C'EST QUOI, CE BOXON ?!
VLAZ M
CE SERAIT À CAUSE DE...
AH !
JAMAIS AUTANT DE MONSTRES N'ÉTAIENT VENUS EN UNE SEULE FOIS !!
JUSQU'À PRÉ-SENT...
LA... LÉGION DES CAR-NASSIERS ?!

グイッ
CROCODINE !!
GWOOH !!! EN AVAANT !!
ON VA RAVAGER LE CHÂTEAU DE ROMOS !!
!!
BRR BRR
BRR
BRR
BRR

C'ÉTAIT QUI, CET ÉNORME GARS ?!
ILS SE DIRIGENT VERS LE CHÂTEAU !!
AH, DAÏ !! ATTENDS !
REVIENS !!
PIIH! PIIH! PIIH!
VROM!
AAH
AAH
AAH
AAH

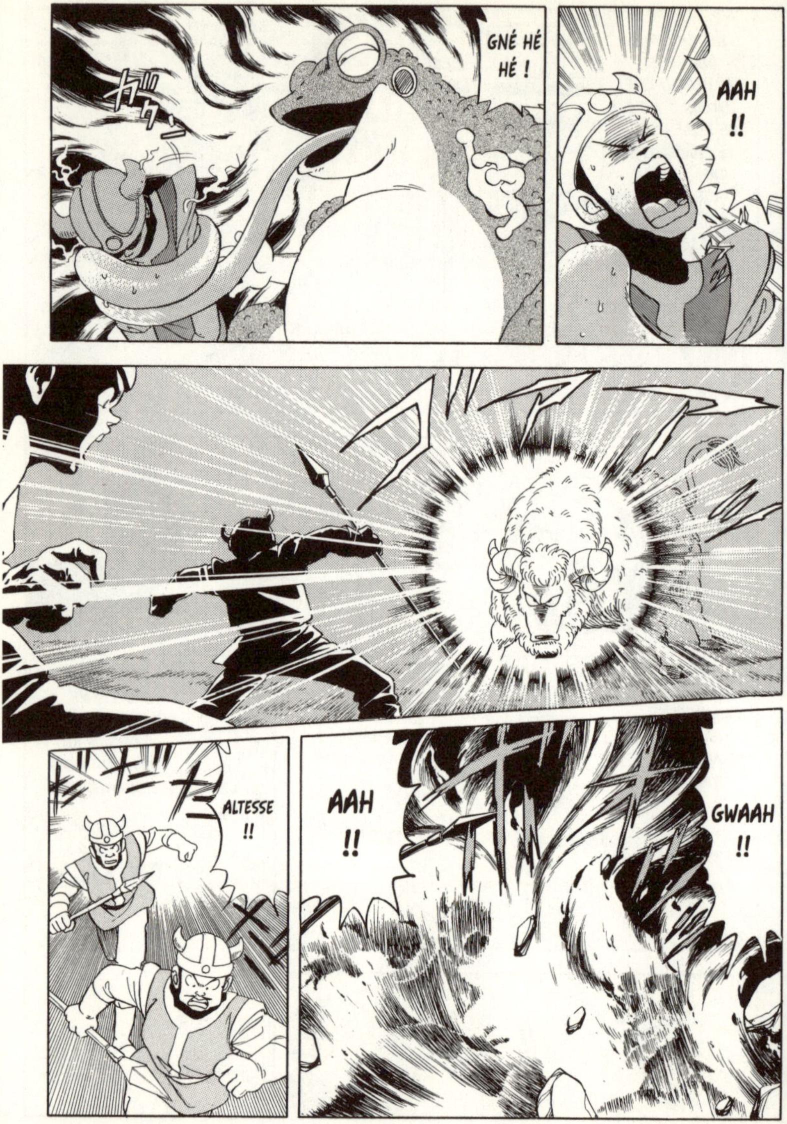
AAH !!
GNÉ HÉ HÉ !
ALTESSE !!
GWAAH !!
AAH !!

C'EST TERRIBLE, MAJESTÉ !
QU'Y A-T-IL ?!
LES ENNEMIS SONT PLUS NOMBREUX QUE JAMAIS !! AVEC UNE TELLE HORDE... LE CHÂTEAU NE TARDERA PAS À TOMBER !!
LE PLUS IMPORTANT, C'EST VOTRE SÉCURITÉ, SIRE. IL FAUT VOUS ENFUIR !
NOUS VOUS ESCORTERONS !!
HUM... MM !!
COMMENT ?! VOUS ME PROPOSEZ DE FUIR EN LAISSANT TOUT LE MONDE ICI ?!
JE VAIS ME BATTRE ! IL NE FAUT JAMAIS PERDRE ESPOIR !!
LES DIEUX N'ACCORDENT PAS DE MIRACLES AUX FUYARDS !!
!!

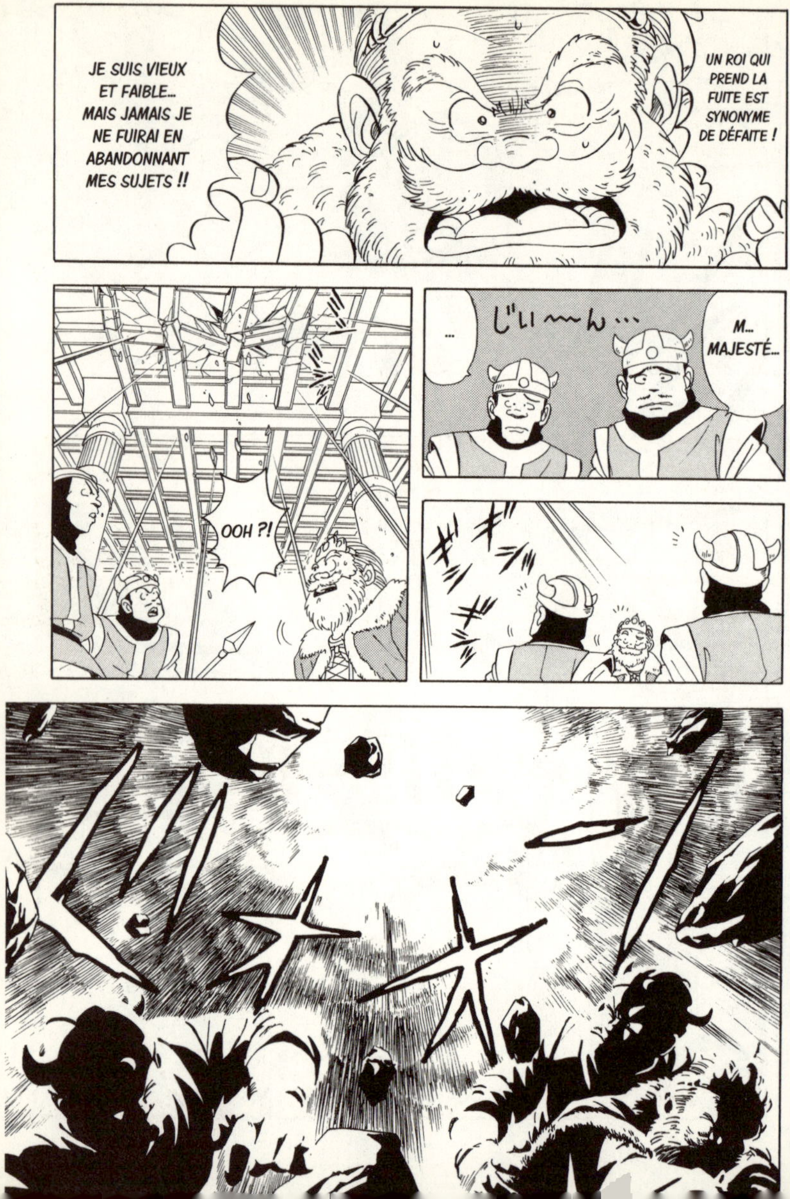
JE SUIS VIEUX ET FAIBLE... MAIS JAMAIS JE NE FUIRAI EN ABANDONNANT MES SUJETS !!
UN ROI QUI PREND LA FUITE EST SYNONYME DE DÉFAITE !
OOH ?!
...
じい〜〜ん…
M... MAJESTÉ...

ズズーン
OOH ?!
QUI VA LÀ ?!

SALE MONSTRE !!
JE SUIS CROCODINE, LÉGAT DE LA LÉGION DES CARNASSIERS !
GWAH !!
OUUH !!
ROI DE ROMOS... TA VIE NE M'INTÉRESSE ABSOLUMENT PAS...
MAIS TA MORT EST NÉCESSAIRE... POUR ATTIRER MA PROIE ICI !!
UUH...

ジャキィッ
VITE ! IL FAUT RATTRAPER DAÏ !!
HEIN ?! MAIS POURQUOI ?!
T'AS PAS VU LES YEUX DE CROCODINE ?! IL EST IVRE DE VENGEANCE !!
IL NE PENSE QU'À TUER DAÏ ! IL FAUT QU'ON AILLE L'AIDER !!
NON MERCI, ÇA IRA
TU M'ÉTONNES... ON N'A PAS LE NIVEAU, ÇA SERVIRA À RIEN D'ALLER SE BATTRE CONTRE CE TYPE...
C'EST SÛR... NOTRE TRÉSOR LE PLUS PRÉCIEUX, C'EST ENCORE NOTRE PROPRE VIE...

JE SUIS BIEN D'ACCORD !
HA HA HA !
がばっ
TU TE FICHES DE MOI, OU QUOI ?! ALLEZ, GROUILLE !!!
MAIS... IL EST SUPER FORT...
SI ON Y VA, ON SE FERA TUER, ET C'EST TOUT...
HA HA
C'EST JUSTEMENT POUR ÇA QU'IL FAUT QU'ON AILLE SOUTENIR DAÏ, SINON IL VA Y RESTER !!
À TROIS, ON EST PLUS FORTS !!
T'INQUIÈTE PAS... EN CAS DE DANGER, DAÏ DEVIENT HYPER PUISSANT D'UN COUP...
IL VA PAS MOURIR...
PFF
POP ?!
...

QU'EST-CE QUI TE PREND, POP ?! TU ES L'AMI DE DAÏ ! ET SON FRÈRE D'ARMES ! NON ?!
TU TE FICHES DE CE QUI PEUT LUI ARRIVER ?!
C'EST BON...
CALMOS !!!
PAF !
J'AI JAMAIS EU L'INTENTION DE ME BATTRE CONTRE L'ARMÉE DU MAL, MOI !!
C'EST PAS PAR PLAISIR, QUE JE ME SUIS BATTU, JUSQU'ICI !!
?!!
DAÏ A ÉTÉ... MON COMPA-GNON D'EN-TRAÎNEMENT...
BRR
BRR
BRR
BRR
MAIS À CAUSE DE LUI, ON SE FAIT TOUT LE TEMPS ATTAQUER... ET JE SUIS MÊLÉ AU COMBAT...
MAIS MOI, J'AI PAS ENVIE DE MOURIR !!

VLAK
BADAM
ÇA VA PAS, LA TÊTE ?!
OUILLE...

POP... QU'EST-CE QUE TU AS RETENU, DE CE QUE MAÎTRE AVAN T'A APPRIS ?!
JE PENSAIS QUE DAÏ ET TOI... VOUS ÉTIEZ PRÊTS À DONNER VOS VIES POUR VENGER NOTRE MAÎTRE...
C'EST POUR ÇA QUE JE SUIS VENUE AVEC VOUS

TU ES LE TYPE LE PLUS MINABLE QUE J'AIE JAMAIS RENCONTRÉ !!
MAAM...
JE VEUX PLUS JAMAIS REVOIR TA SALE TÊTE !!
...
ELLE FAIT PEUR, LA NANA...
PIIII...

LAISSE-LE !!
C'EST MOI, TON ADVERSAIRE !!!
MAIS... CE PETIT, C'EST...
TE VOILÀ, DAÏ ! JE T'ATTENDAIS !!

DAÏ... C'EST VRAIMENT LUI !!
COMME IL EST DEVENU FORT...
POUR AVOIR RÉSISTÉ JUSQU'AU BOUT... LES DIEUX NOUS ONT ENVOYÉ UN MIRACLE !!
HI HI HI HI HI !! TON COMBAT PEUT COMMENCER, CROCODINE !!
AVEC L'"ATOUT" QUE JE T'AI DONNÉ, DAÏ N'A AUCUNE CHANCE DE GAGNER !! C'EST LA MORT ASSURÉE !!!

POP

[I[RE] PARTIE]

FICHE DE PERSONNAGE

MAGIE

MÉRA
MÉRAMI
MÉRAZOMA
HYADO
HYADARKO

DAÏ

MAGICIEN
SEXE : MASCULIN
NIVEAU : 18

STATUT

FORCE : 17
AGILITÉ : 26
ENDURANCE : 46
SAGESSE : 42
CHANCE : 100
HP MAX : 86
MP MAX : 69
ATTAQUE : 17
DÉFENSE : 17
EXP : 26293

ÉQUIPEMENT

• MAGICAL BOOSTER
• TENUE EN TISSU

Description de l'arme :
- Magical booster
C'est un bâton de magicien de petite taille. Il augmente un peu le mana de Pop. Une fois que le cristal fixé au bout est cassé, il devient inutilisable, c'est pourquoi il ne faut pas s'en servir comme arme de combat.

LE POINT FAIBLE
DE DAÏ ?!

QU'EST-CE QUE T'AT-TENDS ? VIENS !!
MINCE !! IL FAUT QUE JE LIBÈRE LE ROI !!
GNN...
OUH... AH !!
SINON...
JE LE BUTE !!
BON !!
J'ARRIVE !!

YAAH !!
HOP !!
カシーン
Q... QUOI ?!
GNNN !!
MÉ... RA !!

NON ?! IL VA LANCER UN SORT...
YAAH !!

MURGH !!!
HEIN ?!
JE SAVAIS PAS... QUE DAÏ FAISAIT DE LA MAGIE...
PENDANT NOTRE DERNIER COMBAT, IL N'AVAIT UTILISÉ QUE SON ÉPÉE IL N'AURAIT QUAND MÊME PAS APPRIS À MAÎTRISER MÉRA EN SI PEU DE JOURS ?!
AH !

COMME ON DIT, "IL FAUT S'ATTENDRE À TOUT D'UN HOMME QU'ON N'A PAS VU DEPUIS TROIS JOURS"... ET C'EST VRAI...
IL VA DEVENIR DE PLUS EN PLUS FORT, À UNE VITESSE VERTIGINEUSE... SI ON LE LAISSE GRANDIR, IL SERA UNE RÉELLE MENACE POUR L'ARMÉE DU MAL !!!
DAÏ !!
SIRE !!
MAAM !

SOIGNE LE ROI AVEC UN BÉHOÏMI... VITE !!
ENTENDU !
MM
HU HU HU HU
GNI HI HI HI !! C'EST BIEN, CROCODINE !!
OUBLIE TA STUPIDE FIERTÉ ET UTILISE CE QUE JE T'AI DONNÉ...
MGR ZABOÉRA, QU'Y A-T-IL DANS CETTE BOÎTE ?!
LE PLUS GRAND POINT FAIBLE DU GAMIN...

SON POINT FAIBLE ?! ET QUEL EST-IL ?!
EH BIEN... HÉ HÉ HÉ... MÊME S'IL EST TRÈS FORT, CE N'EST ENCORE QU'UN ENFANT...
?!
GNI HI HI HI HI !
?!
JE NE VOULAIS PAS M'EN SERVIR... MAIS J'AI PAS LE CHOIX
AH !! C'EST UN TUBE MAGIQUE
UN TUBE MAGI-QUE ?

ON PEUT ENFERMER DES CRÉATURES VIVANTES DANS CES TUBES...
DÉRU-PA !
ON LES FAIT ENTRER ET SORTIR AVEC LES FORMULES "DÉRUPA" ET "IRU-IRU"...
IRU-IRU !
COMME LES CARTOUCHES MAGIQUES QUE LE MAÎTRE A INVENTÉES ?
IL DOIT AVOIR DES RENFORTS À L'INTÉRIEUR !!
QUEL GENRE DE MONSTRES IL VA FAIRE SORTIR ?!
SORS DE LÀ ! DÉRUPA !!
OUH LÀ !!
QU'EST-CE QUE C'EST ?!

!!
P... PAPI ?!
BA——AM
?!
QU'EST-CE QUE TU FAIS ICI ?!
PAPI BRASS !!

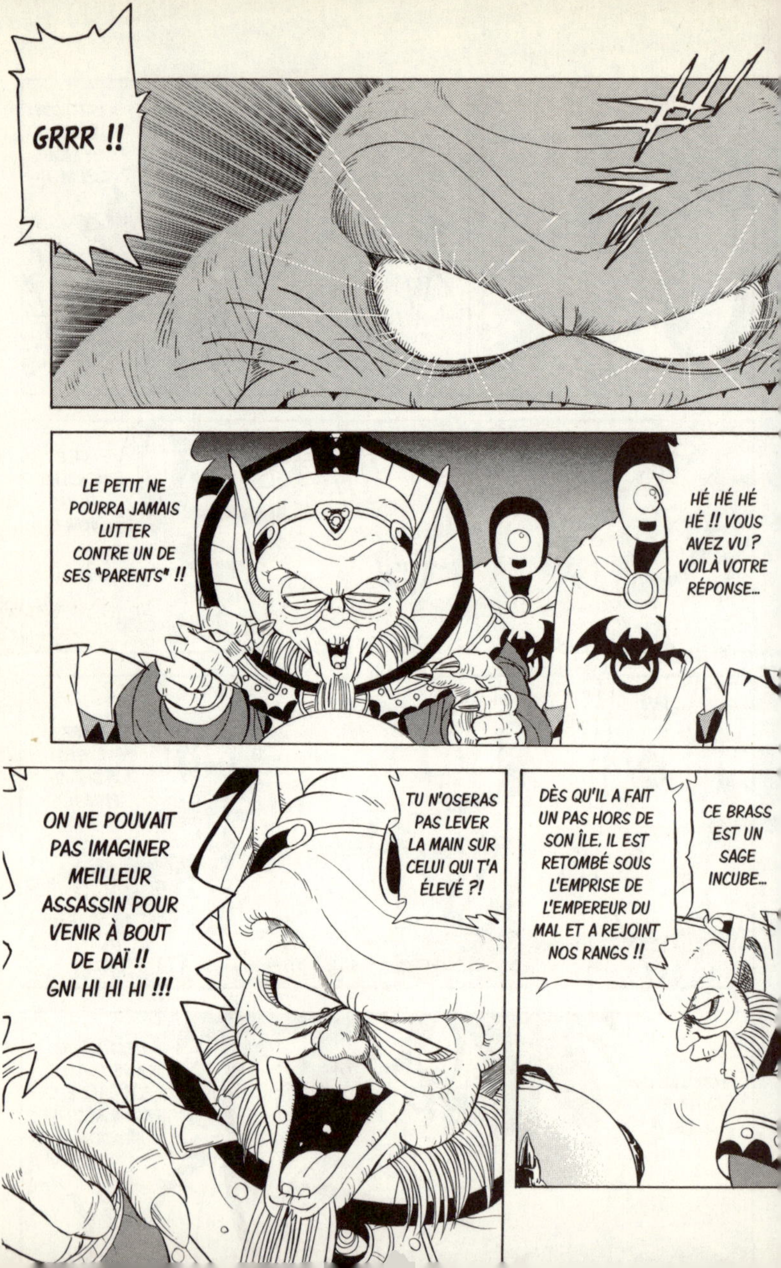
GRRR !!
HÉ HÉ HÉ HÉ !! VOUS AVEZ VU ? VOILÀ VOTRE RÉPONSE...
LE PETIT NE POURRA JAMAIS LUTTER CONTRE UN DE SES "PARENTS" !!
CE BRASS EST UN SAGE INCUBE...
DÈS QU'IL A FAIT UN PAS HORS DE SON ÎLE, IL EST RETOMBÉ SOUS L'EMPRISE DE L'EMPEREUR DU MAL ET A REJOINT NOS RANGS !!
TU N'OSERAS PAS LEVER LA MAIN SUR CELUI QUI T'A ÉLEVÉ ?!
ON NE POUVAIT PAS IMAGINER MEILLEUR ASSASSIN POUR VENIR À BOUT DE DAÏ !! GNI HI HI HI !!!

À L'ATTAQUE, BRASS, LE SAGE INCUBE !!
OH NON... PAS ÇA !!!
SALE MONSTRE, TU VAS VOIR !!
ATTENDEZ ! C'EST... C'EST MON GRAND-PÈRE !!
QUOI ?!
?!!
C'EST LUI QUI M'A RECUEILLI ET ÉLEVÉ !! C'EST PAS UN MÉCHANT MONSTRE !!
ALORS... NE LUI FAITES PAS DE MAL !!

JE VEUX BIEN...
MAIS...
MÉDA-PANI !!
!!
AH !

HII !!
HÉ, ÇA VA PAS ?!
とろ〜ん
QU'EST-CE QUI TE PREND ? ARRÊTE !!
AAH AAH !!

IL LUI A ENVOYÉ UN MÉDAPANI, UN SORT DE CONFUSION
WOUAAH !!
MAÎTRI-SEZ-LE !!
HI HI HI HI HI !!
!!
PAPI !!
NON ! ATTEN-TION !!
PAPI, ARRÊTE !!
POURQUOI TU FAIS DES CHOSES AUSSI HORRIBLES ?!

WAAH !!
GNNN !!
PAPI, REVIENS À TOI !! TU ME RECONNAIS PAS ?!!

OUILLE !!
MAIS...
YAAH !!
SBOM !!
iiAA !!
ドガッ

GNNN !!
HI HI HI
OUIIN...
POF
FAIS UN MERA !!
AH...
D... DAÏ...
PAPI !
PAPI ?!

DAÏ
NYAAAH
TU VAS MOURIR
MÉRA-
MI !!

SEIGNEUR HADLAR...
QUOI ?!
JE VOUS APPORTE UN MESSAGE DE MON MAÎTRE, ZABOÉRA, L'ÉVÊQUE DES SORCIERS
SON PLAN COMMUN AVEC LE SIEUR CROCODINE A ÉTÉ MIS EN APPLICATION... LA VICTOIRE EST IMMINENTE...
D'ACCORD. TU PEUX DISPOSER
À VOS ORDRES
ZABOÉRA COMPLOTE AVEC CRO-CODINE ?!

FLAP !!!
ÇA VOUDRAIT DIRE QUE... CROCODINE SEUL N'A PAS PU VENIR À BOUT DE DAÏ ?
C'EST PLUTÔT RASSURANT, QUE ZABOÉRA LUI PRÊTE SON SAVOIR...
IL EST LE PLUS RUSÉ DE TOUTE L'ARMÉE DU MAL... ET AUSSI LE PLUS CRUEL !!
IL NE LAISSE RIEN AU HASARD...
HÉ HÉ HÉ

MAAM

[Iᴱ PARTIE]

FICHE DE PERSONNAGE

MAGIE

HOÏMI
BÉHOÏMI
KIARI
KIARIK
ZAMÉHA

MAAM

PRÊTRESSE GUERRIÈRE
SEXE : FÉMININ
NIVEAU : 20

STATUT

FORCE : 36
AGILITÉ : 36
ENDURANCE : 51
SAGESSE : 47
CHANCE : 52
HP MAX : 98
MP MAX : 86
ATTAQUE : 56
DÉFENSE : 22
EXP : 37559

ÉQUIPEMENT

• HAMMER SPEAR
• TENUE EN TISSU
PISTOLET MAGIQUE
CARTOUCHES MAGIQUES X 10

Description des armes :

- Pistolet magique

Il lui a été offert par Avan. Il suffit de charger une cartouche avec une incantation, et de tirer avec le pistolet. Il peut être utilisé en attaque, en défense ou pour les soins. Il dispose de 10 balles en tout.

- Hammer Spear

Cette masse en forme de croix est l'arme préférée de Maam. Elle est trop lourde pour être manipulée par les prêtres, mais comme Maam a du sang guerrier, elle la manie avec facilité.

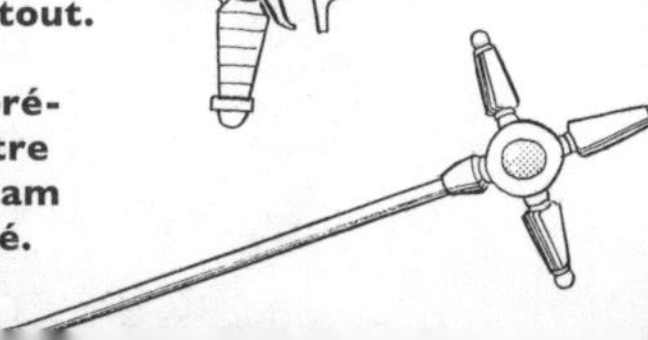

WOAAAR
L'IGNOBLE ÉVÊQUE DES SORCIERS !
HI HI HI !!
DAÏ !!

ヨロッ
AH... P... PAPI...
NE VOUS INQUIÉTEZ PAS POUR MOI, MON PETIT ! ALLEZ AU SECOURS DE DAÏ !!
コクン
JE VOUS CONFIE LE ROI !
TRÈS BIEN !
COMPTE SUR NOUS !
ET LE COUP DE GRÂCE !!

HUM!
TCHAC
GRR... ENCORE TOI !!

MOI AUSSI, JE PEUX LANCER UN MÉRAMI. IL VA M'EN DIRE DES NOUVELLES !!
DAÏ ?!
NON, MAAM... NE TIRE PAS... TU RISQUES DE TOUCHER PAPI...
MAIS TU VAS FINIR PAR Y LAISSER TA PEAU !!
C'EST MON GRAND-PÈRE !!!
JE T'EN SUPPLIE... C'EST MA SEULE FAMILLE...

AH !
CROCODINE ! TU TE CROIS DIGNE D'ÊTRE UN GUERRIER ?!
VRRR !
COM-MENT ?!
TU PARLAIS D'HONNEUR, IL ME SEMBLE... JE PENSAIS QUE TU TE BATTRAIS À LA RÉGULIÈRE !
ET ON T'APPELLE LE "ROI DES CAR-NASSIERS" ? QUELLE BONNE BLAGUE !!
GNNNN...
C'EST VRAI ! SE SERVIR D'UN OTAGE SUR UN PETIT GARÇON...
TU NE MÉRITES PAS LE TITRE DE GUERRIER !!
TU DEVRAIS AVOIR HONTE !!

VOS GUEULES !!
UN GUERRIER QUI N'EST PAS VICTORIEUX... C'EST UN TIGRE DE PAPIER !!
VOUS POUVEZ DIRE CE QUE VOUS VOULEZ...
MA FIERTÉ, J'AI FAIT UNE CROIX DESSUS !!
!!!
GNI HI HI HI ! BIEN PARLÉ, CROCODINE !!
C'EST CET ÉTAT D'ESPRIT QUI TE MÈNERA À LA VICTOIRE !

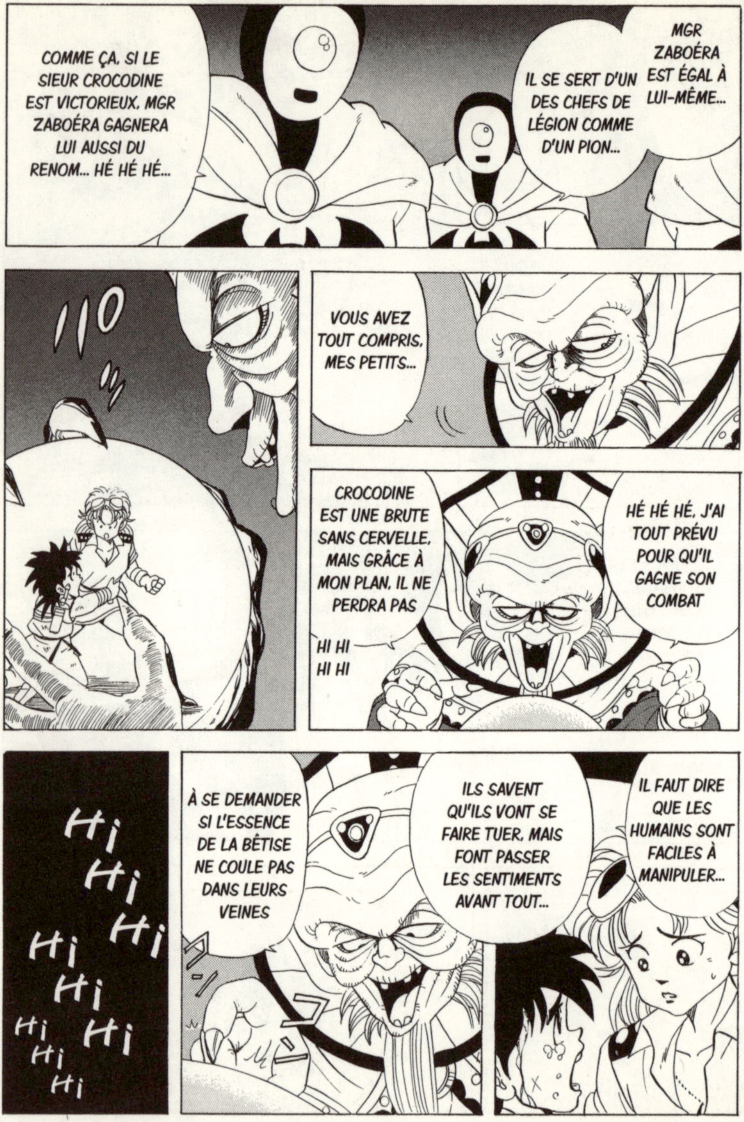

MGR ZABOÉRA EST ÉGAL À LUI-MÊME...
IL SE SERT D'UN DES CHEFS DE LÉGION COMME D'UN PION...
COMME ÇA, SI LE SIEUR CROCODINE EST VICTORIEUX, MGR ZABOÉRA GAGNERA LUI AUSSI DU RENOM... HÉ HÉ HÉ...
VOUS AVEZ TOUT COMPRIS, MES PETITS...
HÉ HÉ HÉ, J'AI TOUT PRÉVU POUR QU'IL GAGNE SON COMBAT
CROCODINE EST UNE BRUTE SANS CERVELLE, MAIS GRÂCE À MON PLAN, IL NE PERDRA PAS
HI HI HI HI
IL FAUT DIRE QUE LES HUMAINS SONT FACILES À MANIPULER...
ILS SAVENT QU'ILS VONT SE FAIRE TUER, MAIS FONT PASSER LES SENTIMENTS AVANT TOUT...
À SE DEMANDER SI L'ESSENCE DE LA BÊTISE NE COULE PAS DANS LEURS VEINES
Hi Hi Hi Hi Hi Hi Hi Hi Hi

QU'EST-CE QU'ON PEUT FAIRE ?!
REGARDE, MAAM... LE TUBE QUE CROCODINE GARDE SUR LUI...
OUI ?!
IL FAUT LUI REPRENDRE... ET ENFERMER PAPI DEDANS À NOUVEAU
TU VEUX BIEN M'AIDER ?!
JE DOIS FAIRE QUOI ?!
TOI, TU RETIENS PAPI ! PENDANT CE TEMPS... JE VOLE LE TUBE !!
D'AC-CORD !!

ばっ
HOP!
TAC!
BAM
YAAH !!

MURGH ?!

OUGH...
DOMMAGE...
LA STRATÉGIE ÉTAIT BIEN PENSÉE... MAIS À CAUSE DU MÉRAMI, TA VITESSE A ÉTÉ RÉDUITE DE MOITIÉ...

SALETÉ...
C'EST TERMINÉ... DAÏ...
DAÏ !!
C'EST PAS LA PEINE DE CONTINUER À SOUFFRIR... JE VAIS T'ENTERRER VITE FAIT...
JE VAIS TE MONTRER LA TECHNIQUE ULTIME DU ROI DES CAR-NASSIERS !!
QUOI ?!

MUUH !!!
AAH AAH !!
RAAH !!
IL CONCENTRE TOUTE SON ÉNERGIE... TOUT SON ESPRIT COMBATIF DANS SON BRAS DROIT !!
C'EST QUOI, CETTE TECHNI-QUE ?

MUURGH !!
JUO TSUKON GÉKI[1] !!
[1] L'AFFLICTION DU ROI DES CARNASSIERS

ドオォーーン

ガラッ
ガラ
ガララ
LA VICTOIRE
EST À MOI !!

UNE BRIBE DE COURAGE !

TOUJOURS PAS MORT ?
OUUH...
GN... NN !!

DAÏ EST EN MAUVAISE POSTURE... IL FAUT QUE JE LUI LANCE UN SORT DE GUÉRISON !!
GRR

AH...
UUH ?!
?!
C'EST...
C'EST
QUOI, CE
MACHIN ?!
UN ŒIL DE
DÉMON !!

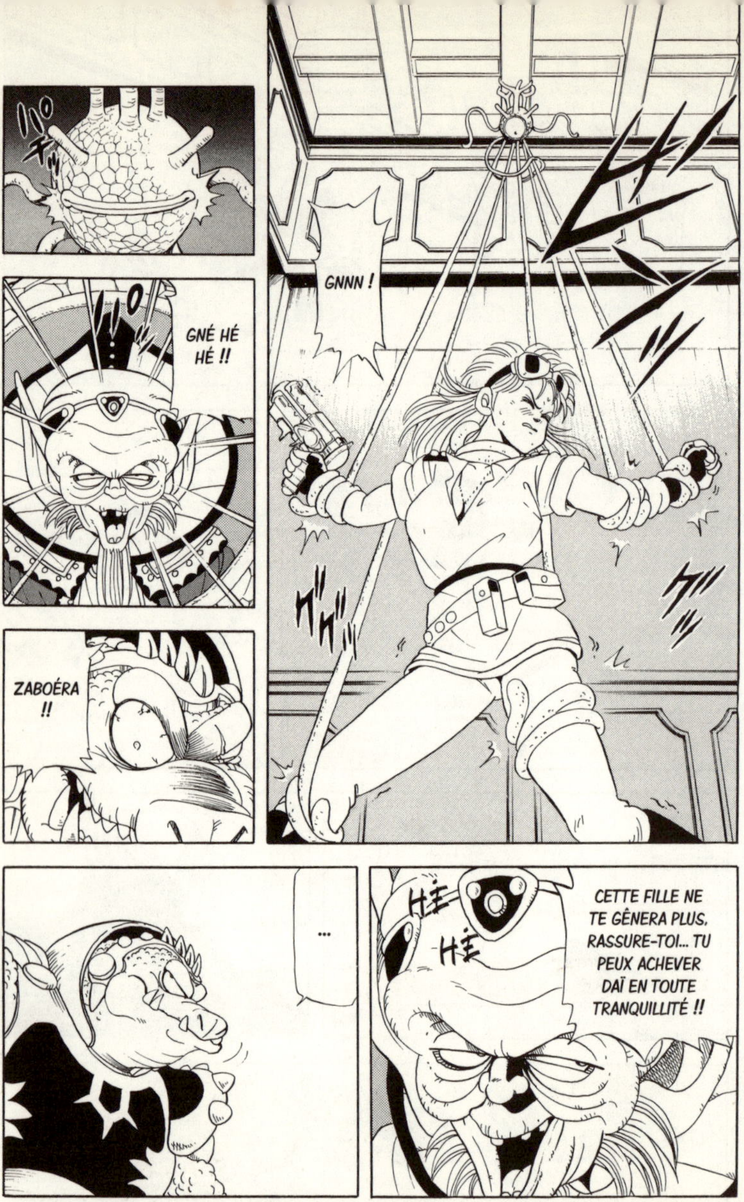
GNNN !
GNÉ HÉ HÉ !!
ZABOÉRA !!
CETTE FILLE NE TE GÊNERA PLUS. RASSURE-TOI... TU PEUX ACHEVER DAÏ EN TOUTE TRANQUILLITÉ !!
HÉ HÉ
...

AH !
OUH...
AAH !!
D... DAÏ...
IL FAUT... SAUVER... DAÏ...
IL FAUT...

POP !!
BING
AH !
C'ÉTAIT QUOI, CET ÉNORME GRONDE-MENT ?!
DAÏ ET MAAM SERAIENT EN DIFFICULTÉ ?!
AH... NON !!
ÇA NE ME CONCERNE PAS !!

QU'ILS MEURENT OU NON... DE TOUTE FAÇON, C'EST PAS MES AFFAIRES !!
EN PLUS... MÊME SI J'Y ALLAIS...
JE POURRAIS RIEN FAIRE CONTRE CE MONSTRE DE CROCODINE... JE ME FERAIS BUTER, C'EST TOUT...
TOC TOC
TOC
QUI EST LÀ ?!
HO HO HO... PARDON DE TE DÉRANGER...

QU'EST-CE QUE TU FAIS LÀ ? T'AS PAS ENCORE PRIS LA FUITE ?
HMM ?!
EH NON, CAR NOTRE TRAVAIL COMMENCE QUAND TOUT LE MONDE S'EST ENFUI...
HO HO HO !
MAIS T'ES LE MAGICIEN DE LA TROUPE DU FAUX HÉROS...
TU T'APPELLES... MASOPHO, C'EST ÇA ?
AAH !
MAIS TU...
HA HA HA, ON RÉCOLTE LES OBJETS QUE LES GENS ONT LAISSÉS DERRIÈRE EUX...
COMME DES BROCANTEURS, EN QUELQUE SORTE !
HOP LÀ...
CLING
ON PEUT DIRE ÇA AUSSI
N'IMPORTE QUOI ! C'EST DU VOL, ET PUIS C'EST TOUT !!

ET TOI ? TU VOUDRAIS PAS TE JOINDRE À NOUS ?
TU ES TRÈS PROMETTEUR, TU SAIS ?
PEUH ! LAISSE-MOI RIRE
REGARDE UN PEU !
JE SUIS UN DISCIPLE D'AVAN, LE HÉROS QUI A TUÉ LE ROI DU MAL, AUTREFOIS !
NE ME METS PAS DANS LE MÊME SAC QUE DES BANDITS DE VOTRE ESPÈCE !
OOH, ÇA CHANGE RIEN DU TOUT, POUR MOI...
COMMENT ÇA ?!
QUAND ON ABANDONNE SES AMIS À UNE MORT CERTAINE...
EST-CE QU'ON MÉRITE DE SE PROCLAMER DISCIPLE DU GRAND AVAN ?!

TIENS... TU VEUX VOIR CE QU'IL ADVIENT DE TES AMIS ? JE VAIS TE MONTRER, À TRAVERS MA BOULE DE CRISTAL...
...
HEIN ?!
D... DAÏ !!
AAH !!

NON ?!
PAPI BRASS ?
MAIS QU'EST-CE QU'IL FAIT LÀ ?
ATTENTION !!
MAAM... QU'EST-CE QUE TU ATTENDS ?!

M...
MAAM !!
BON SANG...
...
JE VEUX FAIRE QUELQUE CHOSE !
JE VOUDRAIS LES AIDER... MAIS TOUT SEUL, J'AI PAS ASSEZ DE FORCE !!
ET MERDE !!
UN HÉROS, C'EST QUELQU'UN QUI FAIT PREUVE DE COURAGE !!

ET LE COURAGE NE VA PAS DE PAIRE AVEC LA PRUDENCE ET LE CALCUL !!
QUAND ON A DU COURAGE, ON PART AU COMBAT, QUELLE QUE SOIT LA PUISSANCE DE SON ADVERSAIRE !!
!!

NYARK
ENFIN...
CETTE RÉPLIQUE N'EST PAS DE MOI. C'EST CE QUE DISAIT MON MAÎTRE, QUI M'A APPRIS LA MAGIE
TON MAÎTRE ?!
MOI AUSSI, QUAND J'ÉTAIS JEUNE, JE VOULAIS SERVIR LA JUSTICE. C'EST POUR ÇA QUE J'AI SUIVI UN ENTRAÎNEMENT DE MAGICIEN
MAIS J'AI ÉCHOUÉ...
J'AI JAMAIS RÉUSSI À BRAVER MA PEUR FACE À UN MONSTRE PLUS FORT QUE MOI...
JE ME SAUVAIS TOUJOURS EN LAISSANT MES COMPAGNONS...
ET VOILÀ CE QUE JE SUIS DEVENU...
MON-SIEUR...

QUAND JE TE REGARDE, J'AI L'IMPRESSION DE ME VOIR MOI, QUAND J'ÉTAIS JEUNE. JE ME SUIS DIT QUE J'ALLAIS PAS TE LAISSER COULER...
MAIS JE ME MÊLE DE CE QUI ME REGARDE PAS !
HO HO HO
ALLEZ, VAS-Y VITE
PENDANT QU'IL RESTE ENCORE UNE BRIBE DE COURAGE AU FOND DE TON CŒUR !
T'AS PAS ENVIE DE DEVENIR UN VOLEUR À LA PETITE SEMAINE, HEIN ?
HÉ HÉ

VROM
MAIS C'EST UN VRAI HÉROS, LUI, ALORS !!
ARGH ! D'AVAN ?!
MAIS NON, IL VA PAS MOURIR. C'EST UN DISCIPLE D'AVAN
C'EST MALIN, T'AURAIS DÛ LE LAISSER TRANQUILLE
AAH, CE GAMIN COURT DROIT AU SUICIDE...
HO HO HO
OUAIS... PAS COMME NOUS, QUOI !
YEP !!
BON, REPRENONS LE BOULOT !!
INN

TU ES LE TYPE LE PLUS MINABLE QUE J'AIE JAMAIS RENCONTRÉ !!
MAAM A RAISON... JE SUIS UN GROS NUL !!
J'AI PENSÉ QU'À MOI... J'AI PASSÉ MON TEMPS À FUIR...
ALORS QUE MAÎTRE AVAN... ET DAÏ... ONT TOUJOURS...
RISQUÉ LEURS VIES FACE À DES ADVERSAIRES BIEN PLUS FORTS QU'EUX !!

CE COUP VA METTRE FIN AU COMBAT POUR DE BON !!
ADIEU, DAÏ !!
DAAÏ !!
ARRÊTE !!

HM ?!
HM ?!
HM ?!
HM ?!
P... POP !!
TIENS DONC... LE MAGICIEN DE LA DERNIÈRE FOIS...
ET TU VAS FAIRE QUOI, AVEC TES PETITS MOYENS ?!
DÉGAGE !!
MAÎTRE AVAN ! DONNEZ-MOI UN CINQUIÈME...
OU MÊME UN DIXIÈME... DE VOTRE COURAGE !!!

3 RASSEMBLEZ-VOUS, DISCIPLES D'AVAN !! (FIN)

parler des personnages. Le manga met en scène des personnages présents dans le jeu, comme les slimes ou les sages incubes, mais chacun semble avoir été doté d'une existence propre, ils sont plus vivants que jamais. Que dire d'Avan, le héros aussi puissant que généreux, et de Maam, vigoureuse et forte, mais au fond très sensible ? Quant à Daï et Pop, ils grandissent à une vitesse incroyable.
J'espère pouvoir continuer de veiller sur eux pendant encore longtemps.

Le compositeur
Koïchi Sugiyama :

UN CHARME DIFFÉRENT DE CELUI DU JEU VIDÉO !!

DRAGON QUEST
– LA QUÊTE DE DAÏ –

Le manga *Dragon Quest* – La quête de Daï – est une œuvre qui présente un charme différent de celui du jeu vidéo *Dragon Quest*. Moi qui suis l'un des créateurs du jeu, je peux apprécier l'aventure de Daï en tant que simple lecteur.

La principale différence entre la vidéo et le papier, c'est que dans le manga, il n'y a pas de "musique" ! Pour y pallier, les auteurs ont su créer leur propre tempo, à grands renforts de gags qui ponctuent le récit de manière très efficace. L'humour, c'est important.

Personnellement, quand je lis "La quête de Daï", je me surprends à superposer des ambiances musicales à certaines scènes, ce qui me fait rire quelque peu amèrement...

Une autre différence : dans le jeu, c'est le joueur qui incarne le héros, et dans le manga, c'est le personnage principal, Daï.

Mais le plus étrange, c'est qu'à la lecture de "La quête de Daï", on arrive à s'identifier au héros (au joueur). Car les sentiments de Daï nous sont directement transmis, le lecteur ne fait qu'un avec lui, et c'est avec une impatience et une fébrilité extrême qu'on attend ce qui va se passer. On ne peut s'empêcher de dévorer chaque chapitre avec délectation.

Pour finir, je vais vous

Kentaro YABUKI

To Love -Trouble-

Nombre de volumes : 3 (en cours)
Code prix : TK 1
Genre : Action / Comédie / Fantastique

Alors que Rito avait enfin trouvé le courage de déclarer sa flamme à Haruna, la plus jolie fille du lycée, Lala – une extra-terrestre en fuite qu'il a sauvée la veille – se méprend sur ses paroles et décide de l'épouser ! Et comme une bonne nouvelle n'arrive jamais seule, Rito découvre que Lala – princesse de son état – est courtisée par toute la galaxie. Il peut donc s'attendre à ce que de nombreux prétendants viennent tenter d'éliminer le gêneur qu'il est devenu !

DRAGON QUEST -DAI NO DAIBOKEN- Vol. 3

First published in Japan in 1989 by SHUEISHA Inc., Tokyo.
French translation rights in France and French-speaking Belgium, Luxembourg, Switzerland and Canada arranged by SHUEISHA Inc. through VIZ Media, LLC, U.S.A.

6 cité Paradis – 75010 Paris
Site internet : www.editions-tonkam.fr
E-mail : ecrivez-nous@tonkam.com

Traduction, adaptation : Fédoua Thalal
Lettrage et maquette : Éditions Tonkam

1re édition française : juin 2007
2e édition française : mars 2009

Achevé d'imprimer en France en février 2009
sur les presses de l'imprimerie Aubin à Ligugé (Vienne)
Dépôt légal : juin 2007
Remerciement à Sébastien Agogué

ISBN : 978-2-84580-835-5
ISBN éd. originale : 4-08-871073